AF202672

Tucholsky   Wagner   Zola   Scott
   Turgenev   Wallace   Fonatne Sydow   Freud   Schlegel

      Twain   Walther von der Vogelweide   Fouqué   Friedrich II. von Preußen
                Weber   Freiligrath   Frey
                                   Kant   Ernst
Fechner   Fichte Weiße Rose   von Fallersleben   Richthofen Frommel
         Engels   Fielding   Hölderlin
Fehrs   Faber   Flaubert Eichendorff   Tacitus   Dumas
                                   Eliasberg   Ebner Eschenbach
Feuerbach Maximilian I. von Habsburg Fock   Eliot   Zweig
                Ewald   Vergil
      Goethe   Elisabeth von Österreich   London
Mendelssohn Balzac   Shakespeare
             Lichtenberg   Rathenau   Dostojewski   Ganghofer
    Trackl Stevenson   Hambruch   Doyle   Gjellerup
Mommsen   Tolstoi   Lenz
       Thoma   Hanrieder   Droste-Hülshoff
Dach   Verne von Arnim   Hägele   Hauff   Humboldt
       Reuter   Rousseau   Hagen   Hauptmann
  Karrillon   Garschin   Gautier
      Damaschke   Defoe   Hebbel   Baudelaire
                  Descartes   Hegel   Kussmaul Herder
Wolfram von Eschenbach   Dickens   Schopenhauer
      Bronner   Darwin   Melville   Rilke   George
      Campe   Horváth   Aristoteles   Grimm Jerome   Bebel   Proust
Bismarck Vigny   Barlach   Voltaire Federer   Herodot
       Storm Casanova   Gengenbach   Heine
                Chamberlain Lessing Tersteegen   Gilm Grillparzer Georgy
Brentano   Langbein   Gryphius
  Strachwitz   Claudius   Schiller   Lafontaine
                                   Schilling   Kralik   Iffland Sokrates
      Katharina II. von Rußland   Bellamy   Gibbon   Tschechow
                          Gerstäcker   Raabe
Löns   Hesse   Hoffmann   Gogol   Wilde   Gleim   Vulpius
   Luther Heym   Hofmannsthal   Klee Hölty   Morgenstern
      Roth Heyse Klopstock   Kleist   Goedicke
Luxemburg   Puschkin   Homer
          La Roche   Horaz   Mörike
   Machiavelli   Kraft   Musil
Navarra Aurel   Musset   Kierkegaard   Kraus
   Nestroy Marie de France Lamprecht Kind Kirchhoff Hugo   Moltke
      Nietzsche   Nansen   Laotse   Ipsen   Liebknecht
               Marx   Lassalle Gorki   Klett   Ringelnatz
   von Ossietzky   May   Leibniz
                      vom Stein Lawrence   Irving
   Petalozzi   Knigge
        Platon   Pückler   Michelangelo   Kafka
   Sachs   Poe   Kock
                                Liebermann   Korolenko
      de Sade Praetorius   Mistral   Zetkin

Der Verlag tredition aus Hamburg veröffentlicht in der Reihe **TREDITION CLASSICS** Werke aus mehr als zwei Jahrtausenden. Diese waren zu einem Großteil vergriffen oder nur noch antiquarisch erhältlich.

Symbolfigur für **TREDITION CLASSICS** ist Johannes Gutenberg (1400 — 1468), der Erfinder des Buchdrucks mit Metalllettern und der Druckerpresse.

Mit der Buchreihe **TREDITION CLASSICS** verfolgt tredition das Ziel, tausende Klassiker der Weltliteratur verschiedener Sprachen wieder als gedruckte Bücher aufzulegen – und das weltweit!

Die Buchreihe dient zur Bewahrung der Literatur und Förderung der Kultur. Sie trägt so dazu bei, dass viele tausend Werke nicht in Vergessenheit geraten.

Ein seltsamer Fall

Jenny Hirsch

Impressum

Autor: Jenny Hirsch

Umschlagkonzept: toepferschumann, Berlin

Verlag: tredition GmbH, Hamburg
ISBN: 978-3-8472-3794-5
Printed in Germany

F. Arnefeld

(d. i.)

Jenny Hirsch

Ein seltsamer Fall

Kriminalroman

Vor den Toren einer großen Stadt in einem kleinen Gartenhause lebte von aller Welt zurückgezogen eine alte Frau. Außerhalb ihrer Wohnung hatte Frau Sophie Klingenmüller, von der die Nachbarschaft sich die wunderlichsten Dinge erzählte, noch niemand gesehen, aber ihr Garten war groß genug, daß sie sich hinreichende Bewegung darin machen konnte; sie hielt sich sogar einen besonderen Gärtner, der freilich auch noch Dienste im Hause übernehmen mußte, und trotzdem sie nicht den geringsten Aufwand machte und mit der Außenwelt jeden Verkehr mied, hieß es doch, daß die alte Dame sehr wohlhabend, wenn nicht sehr reich sei.

Frau Klingenmüller bewohnte das Haus mit ihrer Nichte, einer Dienerin und dem Gärtner ganz allein, und von den Erträgnissen des umfangreichen Gartens wurde auch nicht das mindeste verkauft; was in der Wirtschaft nicht verbraucht werden konnte, mochte verkommen oder wurde an Arme verschenkt, wenn die Besitzerin gerade die Laune dazu anwandelte.

Welche Lebensschicksale die Frau gehabt hatte, wußte niemand zu sagen; sie konnten keinesfalls sehr angenehm gewesen sein, denn sonst hätten sie die alte Frau nicht so verbittert und menschenscheu gemacht; nur so viel hatte man erfahren, daß sie in sehr unglücklicher Ehe gelebt hatte und von ihrem Manne schon seit Jahren geschieden war. Wie furchtbar die Erfahrungen gewesen waren, welche sie durch ihren verfehlten Herzensbund davongetragen hatte, bewies sie am besten dadurch, daß sie eine entschiedene Feindin der Ehe geworden war. Sie hatte ihre Dienerin derartig beeinflußt, daß sie auf eine Heirat ganz verzichtet und inzwischen alt geworden war; auch der Gärtner wußte recht gut, daß seine Herrin ihn sofort entlassen würde, sobald er nur an eine Heirat zu denken wagte.

Auch nicht Frau Klingenmüllers Nichte, ja, diese erst recht nicht hatte an eine Heirat denken dürfen, und die Tante hatte auch alles getan, um überhaupt zu verhindern, daß dieselbe nur eine Bekanntschaft machte, die ihrem Herzen gefährlich werden konnte. Die Abgeschlossenheit, in der sie lebte, bewirkte ohnehin, daß Albertine nicht mit der Außenwelt in Berührung kam, und dann war Frau Klingenmüller von jeher eifrig bemüht gewesen, in die junge Brust ihrer Nichte dieselben Anschauungen einzupflanzen und zur Blüte zu bringen, die in ihr selbst so unerschütterlich wurzelten.

Frau Klingenmüller besaß noch einen Neffen, mit dem sie weit weniger zufrieden war, denn Sigmar Hartheim nahm nur zu oft ihre Kasse in Anspruch. Der Sohn ihrer früh verstorbenen Schwester war Architekt geworden, nicht ohne Hilfe seiner Tante, die ihn zwar unterstützt, ihm dabei aber auch das Leben ein wenig schwer gemacht hatte, und in der letzten Zeit wollte sie weniger als je von einer Beisteuer etwas wissen. Sigmar hatte es ja schon bis zum Bauführer gebracht, er erhielt seine Diäten und mußte damit auskommen; gelang ihm dies nicht, so war er sicherlich nur liederlich, und sie wollte seinem Leichtsinn nicht noch Vorschub leisten. Dennoch hatte der junge Mann eine Art, zu bitten, der seine Tante zuletzt doch nicht widerstehen konnte, und nach jeder noch so entschiedenen Erklärung, daß sie um keinen Preis ihm nur noch einen Pfennig geben wolle, ließ sie sich trotzalledem jedesmal wieder dazu bewegen, ihm die gewünschte Summe, wenn auch mit einer langen Strafpredigt, einzuhändigen.

Albertine war über diese Schwäche ihrer Tante stets sehr ungehalten und sie konnte bei solchen Gelegenheiten niemals ihre tadelnden Bemerkungen unterdrücken; es erregte ihren Neid, daß ihr Vetter ohne weiteres solche Summen erhielt, die ihr eigentlich verloren gingen, denn sie wollte nicht umsonst ihre schöne Jugend und so viele Jahre geopfert haben und sah bereits das Vermögen der Tante als ihr Eigentum an. Sigmar hatte daran gar kein Recht und schon zuviel bekommen; es war frech und höchst unrecht, wenn der leichtsinnige Mensch die alte schwache Frau noch immer anzapfen wollte; deshalb machte sie auch, als die Ansprüche ihres Vetters kein Ende nahmen, ihrem Herzen in bitteren Bemerkungen Luft, und sie wurde nicht müde, den empörenden Leichtsinn Sigmars, dem niemand länger Vorschub leisten sollte, scharf zu verurteilen.

Und endlich erreichte die »zärtliche Verwandte« denn auch ihren Zweck. Frau Klingenmüller schwur hoch und teuer, daß ihr Neffe nichts mehr erhalten sollte, und sie hielt diesmal Wort. Als Sigmar sich wieder bei seiner Tante einfand, vermochten selbst seine dringendsten Bitten sie nicht zu bewegen, ihm aus der Verlegenheit zu helfen, und er mußte, zum großen Triumph seiner Cousine, mit leeren Händen abziehen.

Und gerade diesmal hatte er die Tante förmlich zu bestürmen gesucht, ihm nur noch dies eine und allerletzte Mal zu helfen, denn er sei eine Ehrenschuld eingegangen und verloren, wenn er sie nicht zahlen könne. Aber die alte Frau blieb unbewegt.

Vielleicht würde sie aber schließlich seinen Bitten doch nicht widerstanden haben, allein Albertine war nicht von ihrer Seite gewichen und die starren, kalten Augen des Mädchens hatten beständig wie mahnend auf ihr geruht, und so war der Tante nichts anderes übrig geblieben, als ihr Gelübde zu halten, obwohl sie auch jetzt wieder die heimliche Lust verspürte, dem armen Jungen, für den sie im Grunde eine eigentümliche Zuneigung hegte, aus seiner Not zu helfen. So tief niedergeschlagen, so ganz verzweifelt war Sigmar noch nie von der Tante fortgegangen. Kaum, daß er sich entfernt hatte, fühlte Frau Klingenmüller eine Anwandlung von Reue; ohne die Anwesenheit ihrer Nichte wäre sie ihrem Neffen nachgeeilt, um ihm die gewünschte Summe einzuhändigen.

Aber Albertine rief sogleich, als ihr Vetter soeben die Tür hinter sich geschlossen hatte:

»Das war recht, Tante! Mag dieser Tunichtgut endlich zusehen, wie er seine Schulden ohne Dich bezahlen kann! Wenn Du immer so gut bist und ihm die Taschen gleich wieder füllst, verläßt er sich schließlich ganz auf Dich und treibt es nur immer toller.«

»Meinst Du?« versetzte Frau Klingenmüller. »Dies eine Mal hätte ich ihm am Ende doch noch helfen sollen! Ich hätte das Geld dazu sogar gleich zur Hand gehabt; die halbjährlichen Zinsen der Hypotheken sind ja gestern eingegangen!«

Glaubst Du vielleicht, Sigmar wisse das nicht, Tante?« sagte Albertine mit einem kurzen, spöttischen Auflachen.

»Woher sollte er das wissen?«fuhr Frau Klingenmüller auf.

Albertine zuckte die Achseln.

»Das vermag ich Dir nicht zu sagen, wohl aber habe ich bemerkt, daß er sich mit der Regelmäßigkeit eines Uhrwerkes einstellt, sobald Du eine größere Geldsumme im Hause hast. Dir ist das wohl noch gar nicht aufgefallen, aber wenn Du einmal nachdenken wolltest –«

»Du hast recht!« rief Frau Klingenmüller. »Er war immer ein oder zwei Tage, nachdem ich Geld erhalten hatte, hier!«

»Aber wie konnte Sigmar das wissen?« fuhr sie sehr erregt fort. »Der Gärtner und Katharina kommen doch nie ins Zimmer, wenn Ladenburg da ist.«

»Sie können es aber doch erraten haben, was er bringt!« warf Albertine ein.

»Möglicherweise macht Ladenburg selbst den Zuträger bei Sigmar!« warf die Tante hin und ein mißtrauischer Blick aus ihren unruhigen dunklen Augen streifte Albertine.

Diese blieb jedoch völlig unbefangen und sagte in einem kühlen, gleichgültigen Tone:

»Du mußt am besten wissen, wem Du Dein Vertrauen schenkst, liebe Tante.«

»Niemand – niemand!« rief die alte Frau. »Das wird schon das Gescheiteste sein! Auch der Ladenburg soll mir nicht mehr ins Haus kommen. Heute noch schreibe ich ihm und danke ihm für seine ferneren Dienste.«

»Wie Du willst, Tante,« entgegnete Albertine ganz ruhig, »obwohl ich glaube, daß Du ihm in diesem Falle unrecht tust. Sigmars Spion ist vielleicht ganz wo anders zu finden!«

»Wo? Heraus mit der Sprache! Du weißt, ich kann die halben Worte und Andeutungen nicht leiden.«

»Drüben in dem Pensionat wohnt seit ein paar Monaten ein junges Mädchen, das seine Zeit zwischen Klavierspiel und dem Beobachten unserer Fenster teilt.«

»Ja, das Gaffen von drüben her bringt mich noch dazu, das Haus zu verkaufen!« seufzte die alte Frau. »Aber was ist mit Sigmar und dem Mädchen? Hat der Junge etwa Heiratsgedanken?«

»Das wäre nicht verwunderlich, liebe Tante! Sigmar ist ein heißblütiger junger Mann, unser Gegenüber ist ausfallend hübsch, und er hat nicht von Jugend auf Deine Lehren empfangen und sie sich zu eigen gemacht wie ich!« sagte Albertine. Ihr Ton klang jetzt so sanft und entschuldigend, und so auch ergriff sie beide Hände der alten Frau, die sie ihr aber ungestüm entriß.

»Keine Umschweife!« rief sie. »Du weißt mehr! Du weißt, daß beide intim miteinander sind! Ja oder nein?«

»Ich fürchte, es ist, wie Du vermutest,« gab Albertine zu. »Ich habe beide ein paarmal zusammen gesehen.«

»Und das erfahre ich erst heute?« zürnte Frau Klingenmüller. »Warum hast Du mir das verschwiegen?«

»Ich mochte Dich nicht gegen Sigmar aufbringen, ich weiß ja, in diesem Punkt –«

»Bin ich unerbittlich!« fiel die Tante ihr in die Rede, und wieder traf ein forschender Blick das Gesicht der Nichte. »Steckt vielleicht auch bei Dir hinter dieser Nachsicht eine Liebesgeschichte?«

»Aber, Tante,« wehrte Albertine mit aufgehobenen Händen, »ich denke an keinen Mann!«

»Wollte ich Dir auch geraten haben,« erwiderte Frau Klingenmüller trocken, »denn stellt es sich heraus, daß es sich mit Sigmar verhält, wie Du gesagt hast, so hat er heute meine Schwelle zum letzten Mal betreten und bekommt keinen Pfennig von meinem Gelde. Wer so toll ist und heiratet, von dem will ich nichts mehr wissen.«

*

Die Nacht, welche dem heißen Augusttage folgte, hatte keine erfrischende Kühle gebracht. Schwerer und schwüler ward die Luft; die Wolken, welche im Westen aufstiegen, türmten sich allmählich zu einer düsteren Wand, die sich weiter und weiter schob und allmählich den ganzen Horizont bedeckte.

Ein schwaches Licht nur ist zu bemerken. Es schimmert durch einen Spalt der zugezogenen Vorhänge im Zimmer der Frau Klingenmüller hervor aus der Umrahmung des wilden Weines und der hohen Kastanienbäume, welche das Haus beschatten und es zum Teil den Blicken der Vorübergehenden entziehen. Aber, auch im Hause ist es totenstill. Um die Herrin nicht zu stören, haben sich die beiden einzigen Bewohnerinnen desselben außer ihr, die Nichte und die Dienerin, früh zur Ruhe begeben. Der Gärtner wohnt in einem kleinen seitabgelegenen Hause allein.

Plötzlich raschelt es unter den schwach erhellten Fenstern; die Ranken des wilden Weines bewegen sich, durch die Kastanienbäume geht ein Rauschen, und dann ist es, als klirre leise eine Scheibe. Hat eine Katze auf ihrer nächtlichen Wanderung die Veranda gestreift? Ist die Schläferin erwacht und aufgestanden, um einen Blick in den Garten zu tun? Nichts von alledem. Es war der Wind, der sich aufgemacht hat und nun durch die Bäume und Sträucher rast, heulend durch die Schlote fährt, herabwirft, was nicht niet- und nagelfest ist; dem entfesselten Orkan gesellen sich im nächsten Augenblick schon Blitz und Donner in furchtbarer Heftigkeit zu, das Gewitter ist mit voller Macht losgebrochen.

Tönt durch den Aufruhr der Elemente da nicht ein Hilferuf? Nein, nein, es ist der Sturm, der täuschend die Stimme lebender Geschöpfe nachzuahmen versteht, daß es bald klingt wie das Krächzen der Eule, bald wie das Weinen eines kleinen Kindes und bald wie die Klage einer in Todesnot sich windenden Menschenbrust. Ein zweiter Schrei, noch kläglicher als der erste, aber schon halberstickt. Er verhallt in einem dröhnenden Krachen; der Donner ist des Sturmes Meister geworden.

Wieder verstummen beide, um wenige Sekunden darauf den Kampf mit verdoppelter Stärke von neuem zu beginnen. Noch dichter, noch undurchdringlicher ist die Finsternis; selbst das Nachtlicht im Zimmer der alten Frau ist erloschen. Da fährt ein greller Blitz hernieder, verbreitet für eine kurze Zeit blendende Tageshelle und beleuchtet ein seltsames Bild. An dem Fenster des im ersten Stock befindlichen Zimmers der Frau Klingenmüller lehnt eine Leiter, und auf dieser erscheint, im Herabsteigen begriffen, ein Mann. Hat er selbst einen schweren Blumentopf von der Veranda gerissen, oder wird er ihm vom Sturme nachgesendet? Genug, er fällt und reißt ihn sogar selbst mit von der Leiter herab. Mit einem Schmerzenslaut stürzt er zu Boden und in Finsternis versinkt wieder alles.

Es mochte um die siebente Stunde des andern Morgens sein, als Katharina, die alte Magd der Frau Klingenmüller, an Albertines Zimmer pochte, welch letztere soeben mit dem Ankleiden beschäftigt war.

»Sind Sie schon wach, Fräulein Albertine?« ertönte es von draußen.

»Wach und beinahe angekleidet! Was gibt es?« klang die Antwort zurück. »Verlangt die Tante nach mir?«

»Nein, Fräulein, das ist es eben, weshalb ich komme,« versetzte die Dienerin, »Frau Klingenmüller hat noch nicht geklingelt, und sie pflegt doch sonst um sechs Uhr frisches Wasser zu verlangen.«

»Ich werde sogleich nachsehen,« antwortete Albertine und ging mit der Dienerin bis an das Zimmer ihrer Tante.

An die Tür des Zimmers legten sich die beiden Frauen, abwechselnd das Ohr an das Schlüsselloch und lauschten, aber kein Laut ließ sich im Innern vernehmen.

»Die Tante schläft noch,« sagte Albertine.

»Ich kann mir das nicht denken,« versetzte Katharina, »sie schläft sonst nie so lange. O, Fräulein, wenn ihr nur kein Unglück geschehen ist!«

»Ein Unglück? Was meinst Du damit? Was könnte geschehen sein?« fragte Albertine und ihre von Natur starren, graublauen Augen erhielten einen noch starreren Ausdruck.

»Das weiß ich nicht,« erklärte Katharina, »aber es ist heute anders wie sonst! Fräulein, um Christi willen, klopfen Sie an, mag Frau Klingenmüller nachher schelten, soviel sie will!«

Albertine zögerte noch; es war, als versagten die ausgestreckten Finger ihr den Dienst. Katharina kam ihr zuvor. Sie klopfte leise und horchte. Im Zimmer blieb alles still.

»Klopfe stärker, die Tante hört das jedenfalls nicht im Alkoven,« sagte Albertine mit heiserer, tonloser Stimme.

Katharina wiederholte ihr Klopfen in wachsender Stärke, aber ohne den geringsten Erfolg. Dazwischen schrie Sie:»Frau Klingenmüller! Frau Klingenmüller!« während Albertine mit dem Rufe:»Tante, Tante, höre uns, mache auf!« das Echo bildete. Zuletzt rüttelten beide aus allen Kräften an der Tür, ohne daß diese ihren vereinten Anstrengungen nur um Haaresbreite nachgegeben hätte.

»Rufe Windenbruch, er soll die Tür einschlagen!« befahl Albertine endlich.

Die Dienerin eilte fort, kehrte aber nach kurzer Zeit mit der Nachricht zurück, der Gärtner sei nicht da, sie habe ihn überhaupt heute noch nicht gesehen, er müsse schon sehr zeitig in die Stadt gegangen sein.

»Das wird ja immer rätselhafter!« versetzte Albertine.»So hole einen Schlosser, aber schnell!«

Es bedurfte dieser Mahnung nicht, Katharinas alte Beine wurden von der Angst beflügelt, und in einer nicht minder großen Erregung blieb Albertine zurück.

Eine Viertelstunde mochte vergangen sein, die aber Albertine eine Ewigkeit dünkte, da kehrte Katharina in Begleitung eines Schlossers und eines Schutzmannes zurück.

Die Geduld der Harrenden wurde aber noch auf eine harte Probe gestellt; das Schloß oder vielmehr der dahinter befindliche Nachtriegel spottete der Kunst des Schlossers, und es blieb diesem zuletzt nichts übrig, als die Bänder, durch welche die Tür in den Angeln gehalten ward, durchzufeilen und auf diese Weise den Eingang ins Zimmer zu ermöglichen.

Der Schutzmann warf nur einen prüfenden Blick durch das Zimmer und schritt dann direkt nach dem Alkoven, der von dem letzteren durch einen dichten Vorhang von dunklem Wollstoff getrennt ward, welcher aber jetzt zurückgeschlagen war. Ein lautes»Ha!« entfuhr seinem Munde, und der sich ihm darbietende Anblick war auch wirklich geeignet, selbst einen an schreckenerregende Dinge gewöhnten Mann mit Entsetzen zu erfüllen.

Ein kleiner Tisch, den Frau Klingenmüller immer vor ihrem Bette stehen hatte, lag umgestürzt, die darauf befindlich gewesenen Ge-

genstände, eine Uhr, eine Karaffe mit Wasser, eine Schachtel mit Pulver und eine Nachtlampe, bedeckten zum Teil in Trümmern den vor dem Bette liegenden dicken Teppich, den Wasser, das aufgelöste Pulver und Oel, zu einer trüben Flüssigkeit gemischt, durchtränkt hatten. Die Bettdecke hing halb heraus, die Kissen waren zerwühlt; Frau Klingenmüller aber lag, ganz blau im Gesicht, starr und leblos auf ihrem Lager.

Mit einem gräßlichen Schrei sank Albertine, welche dem Schuhmann gefolgt war, neben dem Bette nieder.

»Frau Klingenmüller hat der Schlag gerührt!« rief Katharina. »Ich will den Doktor holen!«

Sie wollte aus dem Zimmer stürzen, der Schutzmann hielt sie jedoch am Arm fest.

»Halt!« raunte er ihr zu. »Keiner, der ins Haus gehört, kommt fort, bis die Herren vom Gericht hier gewesen sind. Die Frau ist ermordet!«

»Ermordet?« schrie die Alte auf. »Unmöglich! Wer – wer könnte das getan haben?«

Der Schutzmann zeigte auf den offenstehenden Schreibsekretär.

»Wer sich holen wollte, was da drinnen war,« entgegnete er. »Ist niemand da, den ich nach dem Polizeibureau schicken kann?«

»Ich bin mir dem Fräulein ganz allein, der Gärtner ist nicht im Hause!« schluchzte Katharina. »Lassen Sie mich doch nur zum Arzt gehen, vielleicht ist sie doch noch zu retten!«

»Der hilft kein Arzt mehr, die ist schon lange tot und starr und steif,« sagte der Schutzmann mit der Sicherheit, welche die Erfahrung verleiht. »Aber meinetwegen! Vielleicht tut Ihnen der Meister hier den Gefallen und holt einen Doktor!«

Der Schlosser erklärte sich dazu bereit, Katharina nannte ihm den Namen des Arztes, den Frau Klingenmüller in Krankheitsfällen zu Rate gezogen hatte, und der Mann entfernte sich, gefolgt von dem Schutzmann, der bis an den Zaun ging, welcher den Vorgarten von der Straße abschloß und dort zweimal hintereinander einen scharfen Pfiff ertönen ließ. Der Zufall war ihm günstig; ein Kamerad, der in der Nähe gewesen war, kam herbei. Er übertrug ihm die Meldung auf dem Polizei-Bureau und ließ dann seine Blicke über, den Vorgarten schweifen, um wennmöglich schon vor der Ankunft seiner Vorgesetzten etwas zu entdecken und diesen einen Bericht erstatten zu können.

Er fand nicht viel, aber immerhin etliche Anhaltspunkte.

Der Gartenzaun war niedrig und konnte von einem nur einigermaßen geschickten Turner mit Leichtigkeit überstiegen worden sein. In einer Entfernung vom Hause lag eine umgestürzte Leiter, nicht weit davon befanden sich die Scherben eines zerbrochenen Blumentopfes; beide Dinge konnten Spuren des Mörders, konnten aber ebensogut Folgen des Unwetters der vergangenen Nacht sein; und für die letztere Annahme sprach der Umstand, daß nirgends eine Fußspur zu entdecken war.

Der Schutzmann warf einen Blick zum Fenster der Ermordeten empor und ging dann wieder hinauf, um sich den eigentlichen Schauplatz der Tat genauer anzusehen, fand aber auch dort nur wenig Anhaltspunkte. Die Fenster waren geschlossen; mit Ausnahme des offenstehenden Schrankes ließ sich keinerlei Unordnung in dem Zimmer wahrnehmen und die lautschluchzende Katharina bestätigte ihm, daß alles sich genau in dem Zustande befinde, wie sie es gestern, als sie ihrer Herrin beim Auskleiden behilflich gewesen sei, verlassen habe.

Er mußte sich mit seinen Fragen an die Dienerin wenden, denn Albertine schien völlig das Bewußtsein für das, was um sie hervorging, verloren zu haben. Stumm und starr, mehr einer Bildsäule als einer Lebenden ähnlich, lehnte sie in einem Sessel, das tränenlose Auge unverwandt auf die Tote gerichtet, die Lippen mechanisch bewegend, aber kein noch so leiser Ton drang an das Ohr der beiden anderen im Zimmer befindlichen Personen.

»Da kommt der Doktor und da sehe ich auch schon den Herrn Polizeileutnant!« rief der Schutzmann wie erleichternd aufatmend, denn die Verantwortlichkeit war ihm bereits zu drückend geworden.

Er eilte hinunter, den Herren entgegen.

Der Schutzmann hatte vorhin die Vorsicht gebraucht, die Tür des Vorgartens zu schließen, denn bereits begannen sich vor dem Hause jene Gruppen von Neugierigen zu sammeln, welche die Kunde von einem grausigen Ereignis stets herbeizieht.

Der Polizeileutnant ließ einen Mann von den ihn begleitenden Kriminalschutzleuten zur Bewachung der Tür zurück und begab sich dann, gefolgt von den anderen und in Gesellschaft des gleichzeitig mit ihm angelangten Doktor Räbel, ins Haus.

Während Doktor Räbel die Leiche der unglücklichen Frau Klingenmüller untersuchte, erstattete der Schutzmann dem Polizeileutnant seinen Rapport.

Das Zimmer, welches Frau Klingenmüller bewohnt hatte, nahm die ganze Breite des Hauses ein und hatte nur einen Eingang. Die Tür hatte man von innen so fest verschlossen gefunden, daß sie gewaltsam geöffnet werden mußte; ein Eindringen des Mörders durch dieselbe war gänzlich ausgeschlossen. Auch die drei Fenster des Zimmers waren geschlossen gewesen und der Schutzmann hatte sie vor der Ankunft seines Vorgesetzten nicht zu öffnen gewagt. Dieser untersuchte sie nun genau, versuchte, durch das mittlere Fenster, das zu einer auf die Veranda gehenden Tür umgestaltet war, auf letztere hinauszugelangen und machte dabei die Entdeckung, daß der innere Riegel offen, die Tür jedoch durch einen außen daran befindlichen Riegel geschlossen war. Albertine, die sich gewaltsam zusammennahm und die an sie gerichteten Fragen mit einer größeren Ruhe beantwortete, als Katharina ihr zugetraut hätte, erklärte ihm, die Tante habe das machen lassen, weil, wenn sie auf der Veranda gewesen, das Auf- und Zuschlagen des Fensters sie belästigt habe.

»Und wer kannte diese Vorrichtung?« fragte der Polizeileutnant.

»Wohl niemand als die Hausgenossen; Katharina, ich und der Gärtner,« war die Antwort.

Der Polizeileutnant erkundigte sich hierauf, wo der Gärtner sei, ward, als er von dessen Entfernung am frühen Morgen hörte, nachdenklich, einem seiner Leute leise einen Befehl, worauf der Mann sich entfernte, und ließ sich dann von dem soeben aus dem Alkoven, dessen Vorhang er hinter sich schloß, wieder heraustretenden Doktor Räbel Bericht erstatten.

Hätte noch ein Zweifel über die Todesart der beklagenswerten Frau Klingenmüller obwalten können, so wäre derselbe durch die ärztliche Untersuchung beseitigt worden. Der Mörder mußte sich an sein Opfer herangeschlichen haben, in der Absicht, dasselbe zu würgen, wenn es von Anfang an überhaupt auf einen Mord abgesehen gewesen war. Das Erwachen der alten Frau hatte dann wohl den Dieb zum Mörder werden lassen. Sie schien sich aufgerichtet und die Hand nach dem über dem Bett befindlichen Klingelzug ausgestreckt zu haben. Da hatte der Räuber sich auf sie gestürzt und sie daran verhindert. Ein kurzer Kampf hatte sich entsponnen, währenddessen der Tisch umgestürzt war. Dem ohne Zweifel starken Manne war es nur zu schnell gelungen, die alte Frau zu bewältigen, er hatte ihr den Knebel in den Mund gestopft und sie mit beiden Händen am Halse gewürgt, bis sie tot war; dann hatte er die Schlüssel genommen, den Sekretär aufgeschlossen und ausgeräumt.

»Weder Geld, noch Wertsachen befinden sich mehr in den Schiebfächern,« erklärte der Beamte nach wiederholter sorgfältiger Untersuchung. »Wer wußte außer Ihnen noch um den Inhalt des Schrankes?«

»Ich weiß nicht! Ich weiß nicht!« schrie hier die alte Katharina mit aufgehobenen Händen. »Frau Klingenmüller ließ den Sekretär nie offen stehen, und wenn Herr Ladenburg da war, durfte ich nicht ins Zimmer.«

»Aengstigen Sie sich nicht, meine gute Frau, es hat Sie niemand in Verdacht,« erwiderte der Polizeileutnant.

»Sie meint den Buchbinder Ladenburg, welcher die Geldangelegenheiten der Tante besorgte,« erklärte Albertine. »Von ihm werden Sie auch ungefähr den Betrag der Geldsumme erfahren können, welche sich im Sekretär befunden hat.«

Der Polizeileutnant machte sich eine Notiz und fragte weiter:

»Wann war der Herr Ladenburg zuletzt hier?«

»Vorgestern!«

»Und wer war gestern hier?«

»Niemand! Wir lebten sehr zurückgezogen; es vergingen Wochen, ohne daß ein Mensch zu uns ins Haus kam.«

»Aber, Fräulein Albertine, besinnen Sie sich doch! Herr Sigmar war doch gestern nachmittag da!« rief die alte Katharina dazwischen.

Albertine fuhr zusammen, warf der Alten einen erschrockenen, vorwurfsvollen Blick zu und kämpfte sichtlich mit sich selbst. Erst als sie die Augen des Beamten erwartungsvoll, fast argwöhnisch auf sich ruhen fühlte, sagte sie, immer noch zögernd:

»Verzeihen Sie, das Furchtbare, was über mich hereingebrochen ist, hat mich völlig verwirrt gemacht. Ich habe ganz vergessen, daß mein Vetter, der Bauführer Sigmar Hardheim, gestern bei der Tante vorgesprochen hat.«

»Hier im Zimmer?«

»Ja.«

»Was wollte er?«

»Nichts Besonderes; er kam um die Schwester seiner verstorbenen Mutter zu besuchen. Ist das nicht Anlaß genug?« erwiderte Albertine.

»Sah Herr Hardheim das Geld in dem Schrank?«

»Was denken Sie?« rief Albertine. »Die Tante würde nie vor seinen Augen den Sekretär aufgeschlossen haben, den sah nicht so leicht ein Mensch offen stehen. O, mein Gott!«

Sie stockte, wurde totenbleich und erzitterte.

»Was ist Ihnen? Was fällt Ihnen ein?« forschte der Polizeileutnant.

Albertine rang die Hände.

»Ich möchte nicht um alles in der Welt den Verdacht auf einen Unschuldige lenken, und dennoch –«

»Reden Sie, es ist Ihre Pflicht, alles zu sagen, was Sie wissen!« ermahnte der Polizeileutnant sie.

»Nachdem gestern nachmittag mein Vater fortgegangen war,« begann Albertine anfangs langsam und zögernd, im Verlauf der Erzählung ward ihre Rede jedoch immer fließender und abgerundeter, »schloß die Tante den Schrank auf, um etwas zu suchen. In demselben Augenblick kam der Gärtner und trat, da Sigmar die Tür hinter sich offen gelassen hatte, ohne anzuklopfen herein. Die Tante, welche gerade Grund zur Unzufriedenheit mit Windenbruch hatte, ließ ihn heftig an und vergaß darüber, den Schrank zu schließen, und jetzt fällt mir ein, mit welchen begehrlichen Blicken der Mann die Geldrollen und Kassenscheine, die er vor sich sah, betrachtete.«

»Sie halten ihn also für fähig –«

»Nein, nein,« wehrte Albertine, »ich kann an soviel Schlechtigkeit nicht glauben; er war so lange im Hause, die Tante war ihm eine gütige Herrin, und dennoch, wenn ich mir jetzt alle Umstände zurückrufe –«

»Weiter, weiter!« drängte der Polizeileutnant.

»Die Tante hatte Windenbruch gescholten,« fuhr Albertine fort, »daß er den wilden Wein an der Veranda nicht verschnitten und festgenagelt habe, und trotzdem es schon beinahe Abend war, machte er sich doch noch an die Arbeit. Ich hielt es gestern für Eifer, den begangenen Fehler gutzumachen; jetzt glaube ich –«

»Was?«

»Er hat nur eine Gelegenheit gesucht, an das Fenster zu kommen, um den Riegel im Innern aufzudrehen und in unverfänglicher Weise eine Leiter herbeizuschleppen.«

Die Aussagen des Fräuleins verdächtigten den Gärtner. Nicht minder tat dies außerdem der Umstand, daß er sich schon am frühen Morgen entfernt hatte und noch nicht wieder zurückgekehrt war. Noch weit bedenklicher war für ihn die Sache aber, als er von einem Polizisten abgefaßt ward in dem Augenblick, als er aus dem Fenster seines Gärtnerhauses auf einen auf dieser Seite neben dem Grundstück herlaufenden Gang steigen wollte.

Schon halb und halb als überwiesener Verbrecher wurde er vor den Polizeileutnant geführt, der ihn sogleich ins Verhör nahm und sich durch die Beteuerungen seiner Unschuld um so weniger beirren ließ, als Windenbruch sich fortdauernd in Widersprüche verwickelte.

Eine Durchsuchung seiner Person, die auf der Stelle vorgenommen ward, brachte nichts Verdächtiges zum Vorschein. Auch in seiner Wohnung, die aus einer Stube, einer Küche und einer großen

Kammer voll Gartengerätschaften und Sämereien bestand, wollten sich zuerst keinerlei Spuren finden, die als ein Beweis für die gemutmaßte Schuld hätten dienen können. Schon wollten die Polizisten die Küche und das kleine Gärtnerhaus unverrichteter Sache verlassen, als Windenbruch durch sein ängstliches Hinstarren auf den Kamin, der von der Küche aus den Ofen seiner Wohnstube heizte, die Aufmerksamkeit der Beamten dorthin lenkte.

Man öffnete nun den Kamin und fand ihn ganz mit Reisig vollgestopft, das aber noch frisch erschien und erst vor ganz kurzer Zeit dort aufgeschichtet sein konnte, und als die erste Schicht entfernt war, schimmerte Goldglanz darunter hervor.

Nun währte es nicht lange und der augenscheinlich in aller Eile geborgene Raub kam zum Vorschein. Goldstücke und Pakete mit Kassenscheinen, unordentlich durcheinander geworfen, bedeckten den Boden des Kamins.

»Da hätten wir ja das Geld!« frohlockte der Polizeileutnant. »Nach den Schmucksachen werden wir wohl bei den Hehlern in der Stadt Umschau halten müssen.«

Er ließ Windenbruch nach der nächsten Polizeiwache transportieren, setzte ein Protokoll auf, das die Anwesenden unterzeichnen mußten, und begab sich hierauf nach dem Kriminalgericht, um dort Anzeige von diesem Vorfall zu machen.

Die Kunde, daß in der Weststraße an der reichen, wunderlichen alten Frau Klingenmüller durch ihren eigenen Gärtner während des gestrigen Gewitters ein grausiger Mord begangen worden war, flog vor dem Polizeileutnant her, verbreitete sich mit Windeseile durch die angrenzenden Straßen und gelangte durch einen Gymnasiasten auch in die Werkstatt, wo Moritz Ladenburg mit einem Gesellen und einem Lehrling schon eifrig bei der Arbeit war.

Ladenburg war ein schmächtiges Männchen von sechsunddreißig bis achtunddreißig Jahren mit semmelblondem, kurzgeschnittenem Haar, grellen blauen Augen, einer Stumpfnase, auffallend großen Ohren, schmalen Lippen und einem ziemlich ausdruckslosen Gesicht mit blühenden Farben, die aber bei der Erzählung seines Kunden einer fahlen Blässe wichen.

Mit einem Schrei des Entsetzens rief Meister Ladenburg:»Was sagen Sie da? Die Frau Klingenmüller in der Weststraße soll ermordet sein?«

»Erwürgt durch ihren eigenen Gärtner!« wiederholte der lange Mensch.

Er warf sich jedoch sofort in die Kleider, ließ Arbeit und Werkstatt im Stich und eilte hinaus nach der Weststraße, um sich an Ort und Stelle von dem wahren Sachverhalt zu überzeugen und sich Fräulein Albertine für etwaige Besorgungen zur Verfügung zu stellen. Er traf daselbst bereits die Kommission des Kriminalgerichts, welche sich nach der eingegangenen Meldung ohne Verzug zur Aufnahme des Tatbestandes nach dem Schauplatz des Verbrechens begeben hatte, und der Untersuchungsrichter Kriminalrat Mörner rief ihm entgegen:

»Sie kommen wie gerufen, Herr Ladenburg, ich wollte soeben schon zu Ihnen schicken!«

»Herr Rat!« rief Ladenburg, der den Hut vom Kopfe genommen hatte und sich mit dem seidenen Taschentuch über die schweißtriefende Stirn strich,»Sie sehen mich schwanken wie ein geknicktes Rohr. Ihr Anblick raubt mir die letzte Hoffnung, daß das Furchtbare, was ich vernommen habe, nur eine Mär der Frau Fama sei. Es ist also wirklich wahr?«

»Frau Klingenmüller ist ermordet worden!« unterbrach der Staatsanwalt den Redeschwall Herrn Ladenburg's trocken.»Bitte, treten Sie hier mit ein!«

Ladenburg gehorchte ohne Widerrede; der Untersuchungsrichter hieß ihn im Gartensaal bei ihm und seinem Kollegen Platz nehmen und begann sein Verhör mit der Anrede:

»Es ist uns mitgeteilt worden, daß Sie die Geldangelegenheiten der verstorbenen Frau Klingenmüller besorgt haben. Wie kam es, daß sie damit Sie und nicht einen Bankier oder Rechtsanwalt beauftragte?«

Ladenburg zog die Schultern hoch, hob die hellblauen Augen mit einem schwärmerischen Aufschlag zur Decke empor und antwortete:

»Vertrauen ist eine Himmelsblüte, die Frau Klingenmüller beschenkte mich damit, und ich hoffe,« fügte er die Hand auf die Brust legend, hinzu, »es bis zu ihrem letzten Atemzuge gerechtfertigt zu haben!«

»Wie lange besorgten Sie die Geschäfte schon?« fragte einer der Herren.

Ladenburg sann einige Sekunden nach und antwortete dann:

»Am vierzehnten Mai waren es fünf Jahre; ich werde den Tag nie vergessen, an dem die Selige mich zu ihrem Sachverwalter erkor.«

»Wie sind Sie denn mit Frau Klingenmüller bekannt geworden? Sie soll doch sehr unzugänglich gewesen sein!«

»Das Haus, in dem ich meine Werkstatt habe, gehört ihr; so lernte sie mich kennen. Ich wurde erst Vizewirt im Kaufe, brachte ihr die Mieten, und so machte es sich, daß sie mir nach und nach das Einkassieren und Unterbringen aller ihrer Gelder übertrug.«

»Sie führten auch Buch darüber?«

»Nein, das tat Frau Klingenmüller stets selbst, das Buch muß sich in dem Sekretär befinden, wenn der Mörder es nicht mitgenommen hat.«

»Nein, es ist da! Welche Veranlassung sollte Windenbruch gehabt haben, sich mit einem für ihn so wertlosen Gegenstand zu belasten?«

»Wildenbruch?« wiederholte Ladenburg. »Sie halten den einfältigen Gärtner für den Mörder?«

»Allem Anschein nach ist er es!« erwiderte der Untersuchungsrichter. »Können Sie uns etwa einen anderen nennen, gegen den stärkere Verdachtsgründe vorliegen?«

Ladenburg stieß einen Seufzer aus und gab nun auf Befragen des Untersuchungsrichters eine Uebersicht über das Vermögen der Frau Klingenmüller, das zum Teil in Hypotheken bestand und in der Tat sehr bedeutend war. Die Wertpapiere befanden sich im Depositum der Bank; Ladenburg hatte jedes Vierteljahr gegen Vorzeigung einer Vollmacht der Frau Klingenmüller die Kouponzinsen erhoben, die Mieten des Hauses wie die Hypothekenzinsen eingezogen und das, was die alte Frau nicht verbrauchte, wiederum angelegt. Er erschien, je eingehender man sein Gebaren prüfte, in der Tat als das Muster eines umsichtigen, vertrauenswürdigen Geschäftsmannes.

»Wann brachten Sie der Frau Klingenmüller zuletzt Geld?« fragte der Untersuchungsrichter weiter.

»Vorgestern.«

»Und wieviel?«

»Fünfzehntausenddreihundertfünfundsechzig Mark und fünfundsiebzig Pfennig,« erwiderte Ladenburg, ohne sich nur eine Minute zu besinnen.

»In welchen Münzsorten?«

»In Gold und Kassenscheinen.«

»So ist kein Zweifel an der Schuld des Gärtners, ungefähr die gleiche Summe ist bei ihm gefunden worden!« rief der Staatsanwalt.

Ladenburg starrte ihm mit dem Ausdruck der größten Verwunderung, man hätte sagen können: Verdutztheit ins Gesicht.

»Bei Windenbruch hätten Sie das Geld gefunden?« stieß er aus. »Unmöglich!«

Die Herren vom Gericht entfernten sich, Ladenburg begleitete sie bis zum Vorgarten und kehrte dann nach dem Wohnzimmer der Frau Klingenmüller zurück, aus welchem die Leiche fortgeschafft werden sollte.

Albertine stand am Fenster. Sofort trat er auf sie zu, ergriff sie beim Arm und sagte in zärtlichem Tone:

»Das ist kein Aufenthalt und kein Anblick für Sie, teure Albertine; überlassen Sie alles mir. Gehen Sie in Ihr Zimmer. Wenn hier das Nötige besorgt ist, komme ich zu Ihnen.«

Ohne ihr leises Widerstreben zu beachten, führte er sie fort und leitete dann mit einer Umsicht, die man ihm gar nicht zugetraut hätte, das traurige Geschäft.

Ladenburg stand eben im Begriff, an Albertine's Zimmertür zu pochen, da fühlte er sich am Rockschoß ergriffen, und eine Stimme flüsterte ihm zu:

»Herr Ladenburg, ach, lieber Herr Ladenburg, ich bin in gar zu großer Angst! Kommen Sie doch einen Augenblick in die Küche, daß ich Ihnen mein Herz ausschütten kann!«

Es war die alte Katharina, die, ein Bild des Jammers, vor ihm stand.

Ohne ein Wort zu verlieren, folgte Ladenburg der Alten, die, in der Küche angelangt, auf einen Schemel sank und in ein herzzerbrechendes Schluchzen ausbrach. Als sie endlich wieder zu sich kam, stieß sie unter fortwährendem Weinen hervor:

»Herr Ladenburg, Sie sind ja ein kluger Mann, raten Sie mir doch. Ich mag meine Seele nicht verschwören und mag doch auch Fräulein Albertine nicht ins Unglück bringen!«

»Fräulein Albertine ins Unglück bringen?« schrie der Buchbinder auf und packte die Alte am Arm.

»Ich will ihr ja nichts zuleide tun, sonst fragte ich Sie ja nicht um Rat, Herr Ladenburg!« beteuerte Katharina. »Unsereins hat aber doch auch seine Augen und Fräulein Albertine weiß mehr von dem Morde, als sie den Herren vom Gerichte gesagt hat!«

»Katharina, Sie dauern mich, der Schreck und die Angst müssen Ihnen den Verstand verwirrt haben. – Fräulein Albertine und um den Mord wissen! Man könnte laut lachen über den Unsinn, wenn man nicht im Hause des Todes wäre!«

»Ich hab's aber doch gehört!« beharrte die Alte.

»Was denn?« forschte Ladenburg.

»Fräulein Albertine,« fuhr die alte Katharina jetzt eifrig fort, »war erst ganz starr, zuletzt aber, gerade als der Doktor und das Gericht schon auf der Treppe waren, hörte ich sie flüstern: O, Tante, das ist mein Werk!«

»Unsinn, was Sie da gehört haben wollen!« fuhr Ladenburg auf.

»Nein, ich weiß es ganz gewiß, daß sie es gesagt hat!« behauptete die Alte.

»Was bilden Sie sich eigentlich ein?« sagte er. »Sie können doch nicht im Ernst glauben, daß Fräulein Albertine um den Mord gewußt habe oder gar daran beteiligt gewesen sei!« setzte er mitleidig lächelnd hinzu.

»Nein, nein,« eiferte Katharina, »aber sie hat es doch gesagt, und ich habe es verschwiegen, als der Herr Polizeileutnant und der Herr Rat mich gefragt haben. Nun soll ich aber noch heute aufs Gericht kommen und alles beschwören. Was soll ich nur tun?« rief sie händeringend.

»Die Wahrheit sagen, meine liebe Katharina!« antwortete Ladenburg.

»Ich soll das Fräulein verraten?« fuhr sie erschrocken auf.

»Sagen Sie alles, was Sie wissen!« antwortete er. »Sie schaden damit Fräulein Albertine nicht.«

»Wirklich, wirklich? Sie raten mir das, Herr Ladenburg?« fragte die Alte.

»Ich rate es Ihnen nicht allein, ich befehle es Ihnen!« versetzte der Buchbinder.

»Und Sie können mir heilig versichern, daß es Fräulein Albertine nichts schadet, wenn ich sage, was ich sie murmeln gehört habe?« fragte sie doch noch einmal.

»Würde ich es Ihnen sonst raten?« entgegnete Ladenburg, mit den Augen zwinkernd. »Sie können ganz ruhig sein, und auch dafür stehe ich Ihnen, daß das Fräulein Ihnen nicht böse wegen Ihrer Aussage sein soll, wenn mein Wort etwas bei ihr gilt!«

Mit diesen Worten verließ er die Küche und ging zu Albertine, mit welcher er bald in ein angelegentliches Gespräch vertieft beisammensaß.

*

Der Kriminalrat Mörner war ein Untersuchungsrichter noch aus der alten Schule, der sich das Verfahren gegen Verbrecher ohne Anwendung von allerlei kleinen Zwangsmitteln gar nicht denken konnte; sein Bestreben war stets darauf gerichtet, die Leute zum offenen Geständnis zu bringen, und er hatte in den meisten Fällen Erfolge erzielt. Er wußte mit der Zeit auch den Trotzigsten mürbe zu machen, so daß sie nicht länger die Schuld abzuleugnen vermochten.

Nach den Aussagen Fräulein Albertine Wenzel's und der Magd Katharina, noch mehr aber infolge der an Ort und Stelle aufgefundenen tatsächlichen Beweise war der Kriminalrat davon überzeugt, daß man in dem Gärtner Windenbruch den Mörder der alten Frau Klingenmüller ergriffen habe.

Windenbruch's erste Vernehmung war keineswegs geeignet, dem Kriminalrat Mörner eine günstige Meinung von ihm beizubringen. Er widerrief jetzt alle Angaben, die er dem Polizeileutnant über die Veranlassung zu seinem frühen geheimnisvollen Ausgang gemacht hatte, brachte aber noch unglaublichere Gründe dafür vor und stellte die unmöglichsten Behauptungen auf. Er bestritt sogar, am gestrigen Tage in Frau Klingenmüller's Wohnung gewesen zu sein, daselbst den offenstehenden Schrank mit dem Gelde gesehen zu haben und später mit der Leiter auf die Veranda gestiegen zu sein, um den wilden Wein festzubinden, obgleich dies alles von zwei Zeuginnen bekundet und von ihm selbst im ersten Verhör bereits zugegeben worden war.

Es blieb dem Untersuchungsrichter nichts übrig, als ihn in sein Gefängnis zurückführen zu lassen; war aber noch fester als vorher von seiner Schuld überzeugt, und so undurchdringlich und zugeknöpft er sonst den Zeugen gegenüber war, heute konnte er sich doch nicht enthalten, dem Buchbinder Ladenburg gegenüber, welchen er bald darauf zum Verhör fordern ließ, eine dahinzielende Bemerkung zu machen.

Ladenburg bewegte seine großen Ohren gleich einem Kaninchen und sagte mit bescheidener Miene:

»Verzeihen Sie, Herr Kriminalrat, wenn ein schlichter Mensch, wie ich das bin, sich erkühnt, eine diametrale Ansicht zu haben. Ich glaube, aus dem unglücklichen Windenbruch redet der Dämon der Angst.«

»Der Dämon des bösen Gewissens!« erwiderte der Rat. »Doch wiederholen Sie mir nochmals alle Ihre Aussagen!«

Ladenburg erzählte nun nochmals die Geschichte seiner Bekanntschaft mit der ermordeten Frau Klingenmüller.

»Sehen Sie sich jetzt das in der Wohnung des Gärtners gefundene Geld an,« sagte der Kriminalrat und nahm von dem Tische eine Decke, unter welcher die Goldstücke und Kassenscheine verborgen gelegen hatten.

Ladenburg trat dicht an den Tisch heran, zählte das Geld, prüfte die einzelnen Stücke und erklärte dann:»Das ist nicht das Geld, welches ich Frau Klingenmüller übergeben habe!«

»Wie können Sie das mit einer solchen Bestimmtheit behaupten?« fragte der Kriminalrat.»Es fehlen allerdings mehrere hundert Mark an der von Ihnen angegebenen Summe, die Verstorbene kann aber doch Ausgaben davon gemacht haben.«

»Darüber müßte sich ein Vermerk in den Büchern finden, denn die Verewigte war sehr ordentlich. Es bliebe nur eine Möglichkeit: daß sie heimlich Herrn Hardheim etwas gegeben hätte!«

»Dem Neffen? Nahm er sie öfters in Anspruch?«

»Ach, ja, er befindet sich häufig in der Klemme,« versetzte Ladenburg.

»Davon habe ich noch gar nichts gehört,« erwiderte der Kriminalrat.

»Man hat die Sache wohl nicht von Belang für die Untersuchung gehalten,« antwortete Ladenburg leichthin.

»Sie sehen, daß sie es aber doch ist,« erwiderte Mörner,»Sie selbst deuteten soeben darauf hin.«

»Ich bitte um Entschuldigung,« rief der Buchbinder eifrig,»für die Beantwortung der Frage, ob dies Geld identisch mit dem ist, das ich Frau Klingenmüller gebracht habe, bedarf es eines solchen Nachweises nicht; läge der Betrag selbst bei Mark und Pfennig hier, ich sagte doch: dies ist das Geld nicht!«

»Worauf stützen Sie sich mit dieser Ihrer Behauptung?« fragte der Kriminalrat.

»Zunächst hatte ich Frau Klingenmüller 8600 Mk. in Goldstücken, 65 Mark und 75 Pfennig in Silbergeld und das übrige der Summe in Scheinen überbracht, während der größte Teil dieses Geldes aus Scheinen besteht, und zwar aus Tausend- und Fünfhundertmarkscheinen; ich hatte Frau Klingenmüller lauter Hundertmarkscheine besorgt.«

»Sie kann es gewechselt haben.«

»Nein, das tat sie nicht, sie wollte ja eben nicht wissen lassen, daß sie Geld hatte, und mochte auch deshalb keinen großen Geldschein haben und in irgend einem Geschäfte umwechseln.«

Der Kriminalrat blickte nachdenklich vor sich hin. Die Folgerung des Buchbinders war logisch, dennoch wollte er dadurch noch nicht an seiner Ueberzeugung von der Schuld des Gärtners rütteln lassen.

»Windenbruch wird das Geld umgewechselt haben,« sagte er, »das erklärt seinen frühen Ausgang am Morgen.«

»Es ist ja möglich.« seufzte Ladenburg aus gepreßter Brust, »aber ich glaube es nicht! Verzeihen Sie mir, Herr Rat, – allein eine innere Stimme sagt mir: Windenbruch ist unschuldig! Gott verhüte, daß ein Justizmord an ihm begangen werde!«

»Soweit sind wir noch nicht,« versetzte der Gerichtsrat ungeduldig, »vorderhand sind mir die klaren Beweise, die gegen Windenbruch vorliegen, doch noch sicherer als Ihre innere Stimme, Herr Ladenburg!«

Er entließ den Buchbinder und sandte nach einem Polizeibeamten, dem er auftrug, bei allen Geldwechslern der Stadt Nachfrage zu halten, ob am frühen Morgen ein Mann, auf den das Signalement des Gärtners Windenbruch passe, eine größere Geldsumme umgewechselt habe.

Der Beamte hatte sich kaum entfernt, da ließ sich der Lotterie-Einnehmer Behrend bei dem Kriminalrat melden, mit der Bemerkung, er glaube wichtige Aufschlüsse in der Angelegenheit des an der alten Frau Klingenmüller in der letzten Nacht verübten Mordes geben zu können. Mörner befahl, den Mann sogleich hereinzulassen.

Herr Behrend zeigte eine gewisse Verlegenheit und zögerte auch einen Augenblick mit der Antwort, nachdem der Kriminalrat ihm die Frage vorgelegt: »Was haben Sie mir mitzuteilen, Herr Behrend? Ist Ihnen etwas über die Person des Mörders bekannt?«

»Das möchte ich nicht gerade behaupten,« sagte er dann jedoch, »vielmehr glaube ich einen Entlastungsbeweis für den des Mordes angeklagten Gärtner Windenbruch erbringen zu können.«

»Das wäre?« fuhr Mörner auf. »Lassen Sie hören! Sprechen Sie ohne Umschweife! Warum zögern Sie noch?«

»Entschuldigen Sie, Herr Kriminalrat, es wird einem bisher unbescholtenen Menschen doch nicht leicht, sich selbst anzuklagen. Ich – –«

»Was,« unterbrach ihn Mörner, von seinem Sitze auffahrend und den Lotterie-Einnehmer mit einem scharfen Blick der stahlgrauen Augen durchbohrend anblickend, »Sie wollen mir doch nicht das Geständnis machen –«

»Daß ich der Mörder der Frau Klingenmüller bin?« fiel Behrend ein, und um seinen ausdrucksvollen Mund zuckte ein humoristisches Lächeln. »Nein, so arg habe ich denn doch nicht gegen Gottes Gebot und menschliches Gesetz gefrevelt. Mein Vergehen gehört eigentlich gar nicht vor den Untersuchungsrichter.«

»Weshalb kommen Sie denn aber mir?«

»Weil ich dem Gärtner Windenbruch ein österreichisches Guldenlos verkauft habe, auf das er einen größeren Gewinn gemacht, den er heute in aller Frühe bei mir abgeholt hat.«

»Herr, reden Sie die Wahrheit?« rief der Kriminalrat aufspringend.

»Die reine Wahrheit, die ich beschwören kann,« antwortete der Lotterie-Einnehmer. »Ich habe gehört, man hätte im Kamin der Gärtnerwohnung eine größere Geldsumme versteckt gefunden und daraufhin den Windenbruch als der Mordes verdächtig eingezogen.«

»Daraufhin nicht allein!« entgegnete der Kriminalrat. »Da, sehen Sie sich das Geld an! Erkennen Sie es als dasjenige, das Sie dem Gärtner ausgezahlt haben wollen?«

»Was ich ihm auszahlt habe, ja!« versetzte Behrend mit der größten Bestimmtheit, nachdem er das Geld geprüft hatte. »Genau in den Münzsorten hat er es heute von mir erhalten!«

»Warum sagte der Tropf das denn nicht? Warum versteckte er das Geld so ängstlich?« fragte der Kriminalrat unwillig.

»Weil er eben ein Tropf ist,« entgegnete Behrend.

»Hören Sie mich gefälligst einen Augenblick an. Es ist wahrhaftig nicht meine Sache fremde Lose zu vertreiben, aber die Nachfrage nach Losen ist immer weit größer, als die Anzahl der zur Verfügung stehenden. Ich wurde nach Schluß der letzten Ziehung um neue Lose förmlich bestürmt und konnte eine Menge Leute nicht befriedigen. Da gehen mir gerade ein paar österreichische Lose zu und ich lasse mich verleiten, sie wegzugeben. Der Gärtner Windenbruch ist unter den Käufern und gerade auf sein Los fällt ein ansehnlicher Gewinn. Ich zeige es dem Mann an und schärfe ihm ein, nichts davon verlauten zu lassen, denn auf das Spielen in ausländischen Lotterien stehe Strafe, konnte mir aber nicht denken, daß er sich darunter Leibes- oder Lebensstrafe vorstellte. Heute vor Tag hat er mich herausgeklopft, um sich seinen Gewinn zu holen, und getan, als ob es ein Diebstahl sei. Das Unglück wollte, daß, während er fort war, der Raubmord an seiner Herrin entdeckt ward, und da scheint nun der arme Schelm ganz den Kopf verloren zu haben. Als ich hörte, man habe Geld unter Reisig versteckt bei ihm aufgefunden, dachte ich mir die Bescherung gleich und bin darum hergelaufen, um Ihnen den Sachverhalt mitzuteilen.«

Sein Glaube an Windenbruchs Schuld war durch diese Angaben in dem Kriminalrat aber immer noch nicht erschüttert. Mochte der Mann immerhin Geld gewonnen haben, das bewies noch gar nicht, daß er sich nicht auf anderem Wege auch noch etwas verschafft hatte, und war die im Kamin vorgefundene Summe auch der Spielgewinn, so ging daraus noch keineswegs hervor, daß er das geraubte Geld samt den Schmucksachen nicht an einem andern Ort verborgen hatte. Von diesem Gesichtspunkt betrachtet, hob Behrends Erklärung sogar das entlastende Zeugnis des Buchbinders wieder auf.

Geleitet von diesen Erwägungen, beschloß der Kriminalrat, ehe er Windenbruch auf Grund der gewonnenen Aufschlüsse nochmals inquirierte, erst seine beiden Mitbewohnerinnen des Klingenmüller'schen Hauses, die er für diese Stunde bestellt hatte, zu vernehmen, und befahl, Fräulein Albertine Wenzel vorzurufen.

Der Gerichtsdiener kam mit dem Bescheid zurück, daß nur die Magd Katharina im Vorzimmer sei. Fräulein Wenzel habe durch jene noch um eine Stunde Aufschub bitten lassen, da sie sich namenlos elend fühle und vor ihrem Kommen noch einer Erholung bedürfe. Der Kriminalrat befahl, die Magd hereinzuschicken.

Katharina wiederholte alle Aussagen, die sie am Morgen erst vor dem Polizeileutnant gemacht hatte, hielt aber dabei ihre Blicke unverwandt mit dem Ausdruck der peinlichsten Angst auf den Protokollführer gerichtet, als sehe sie in der Bewegung seiner Feder eine sie bedrohende Gefahr. Der Kriminalrat, den dies nicht entging, nahm daraus Veranlassung, sie nochmals ernstlich zu vermahnen, die Wahrheit zu sagen und nicht zu verschweigen, denn auch durch das letztere mache sie sich, nachdem sie ihre Aussage beschworen habe, des Meineides schuldig.

Diese Worte des Richters gaben das Signal zu einem Tränenausbruch der Alten, sie hob flehend die Hände zu dem Kriminalrat auf und rief:

»Strafen Sie mich nicht, Herr Rat! Ja, ja, ich habe etwas verschwiegen, aber ich will es bekennen, noch habe ich ja keinen falschen Eid geschworen!«

»Es ist Ihr Glück, daß Sie sich noch besinnen,« antwortete der Kriminalrat streng, fügte aber, um die Alte nicht ganz zu entmutigen, milder hinzu:»Sagen Sie mir kurz und bündig, was Sie wissen!«

Er hatte wohl selbst nicht geglaubt, daß Katharina diesem Befehl buchstäblich Folge leisten würde, und faßte sich denn auch in Geduld, denn es währte ziemlich lange ehe sie zur Sache kam und ihm unter wiederholten Beteuerungen, Fräulein Albertine sei gewiß unschuldig wie ein neugeborenes Kind, die von der jungen Dame gehörte Aeußerung wiederholte. Der Kriminalrat traute zuerst seinen Ohren nicht, da eröffnete sich ja eine ganz neue und noch weit fruchtbarere Aussicht für die Untersuchung. Er ließ sich die Worte zum zweiten- und drittenmal vorsagen und sprach sie dann selbst nach:

»Sie haben also gehört, daß Fräulein Albertine Wenzel gesagt hat: O, Tante, Tante, das ist mein Werk!«

»So gewiß, wie ich es jetzt von Ihnen höre!« beteuerte Katharina.

»Können Sie das beschwören?« fragte der Richter.

»Ich sage es ja überhaupt nur aus Furcht vor dem Eid!« zeterte die Alte.

Die alte Dienerin war durch die Fragen des Untersuchungsrichters und zumal durch die Vorstellung, daß sie schwören sollte, in eine solche Aufregung und Angst geraten, daß sie kaum noch wußte, was sie sprach und tat.

Der Kriminalrat sann darüber nach, ob der Aussage der Alten überhaupt Gewicht beizulegen sei, als Fräulein Wenzel gemeldet wurde. Mörner bot ihr höflich einen Stuhl und bat sie, ihm alle Vorfälle, die auf den Mord Bezug haben könnten, genau erzählen.

Albertine war jetzt völlig gesammelt und gab mit leiser, aber fester Stimme auf alle Fragen des Kriminalrats so klare und bestimmte Antwort, daß dieser den besten Eindruck von ihr gewann. Mörner glaubte den Einfluß Ladenburgs zu erkennen und deutete auch darauf hin. Zu seinem Erstaunen gab sie dies freimütig zu.

»Ja, Herr Ladenburg hat mir das Gewissen geschärft, daß es leichtfertig sei, einen Menschen zu beschuldigen, ohne genügenden Anhalt dafür zu haben,« sagte sie.

»Den hatten Sie und vielleicht noch mehr als Sie sagen wollten,« versetzte der Untersuchungsrichter, sie scharf ansehend; sie hielt den Blick ruhig aus, ohne die Augen niederzuschlagen, sondern schaute erwartungsvoll zu ihm auf.

Es ist mir soeben eine Aeußerung hinterbracht worden, die Sie heute morgen am Totenbett Ihrer Tante in der ersten Ueberraschung getan haben sollen,« fuhr er fort, jedes Wort scharf betonend.

Sie fuhr zusammen, schlug die Hände vors Gesicht und murmelte:

»O, mein Gott! So muß es denn doch sein!«

»Sie wissen, um was es sich handelt?«

Albertine antwortete nicht und blickte zu Boden, ihre Schultern zuckten konvulsivisch. Mörner beobachtete sie mit immer wachsendem Erstaunen; endlich mahnte er:»Reden Sie!« und nun richtete Albertine sich auf.

»Ich weiß, was Katharina Ihnen gesagt hat: sie habe mich sagen gehört, daß der Tod der Tante mein Werk sei!«

»Was wollten Sie mit dieser furchtbaren Selbstanklage sagen?« fragte der Kriminalrat.

»O, Herr Rat, es war der Ausruf der schrecklichsten Seelenqual, denn als ich meine arme Tante ermordet vor mir liegen sah, da stieg in mir die Angst auf, daß ein Rat, den ich ihr gegeben und den sie befolgt hat, der Anlaß zu ihrem Tode geworden ist.

»Als man das Geld bei dem Gärtner fand, da atmete ich auf, eine Last war mir von der Brust genommen, aber nun mir Herr Ladenburg gesagt hat, das Geld sei gar nicht das, was er der Tante gebracht hat, und Katharina hätte ihm auch gebeichtet, was sie von mir gehört habe, and er hätte ihr geraten, der Wahrheit die Ehre zu geben –«

»Herr Ladenburg hat das schon gewußt?« unterbrach der Kriminalrat sie.»Warum hat er denn im Verhör nichts davon gesagt?«

»Weil er es mir überlassen wollte!« erwiderte Albertine ohne Besinnen.»Es kommt mir ja hart genug an, ich ließ auch nur darum noch um einen Aufschub des Verhörs bitten, aber ich sehe ein, ich darf nicht schweigen!«

»Erklären Sie sich deutlicher! Auf wen richtet sich Ihr Verdacht?« drängte der Richter.

»Auf meinen Vetter Sigmar Hardheim,« erwiderte Albertine, und einen Augenblick herrschte Totenstille in dem Raume.

»Auf den Bauführer Sigmar Hartheim,« wiederholte der Untersuchungsrichter,»den eigenen Neffen der Frau Klingenmüller?«

»Er ist der Sohn ihrer einzigen Schwester, ich bin die Tochter des Bruders von ihr,« erklärte Fräulein Albertine;»sie hat ihn erziehen und studieren lassen und sehr, sehr viel an ihn gewandt!«

»Und dennoch!« sagte der Kriminalrat.

Die Zeugin nickte bekümmert.

»Leider, leider!« seufzte Albertine und erzählte nun, daß der Vetter zum Aerger der Tante sehr viel Geld verbraucht habe, welches er der alten Frau immer abzuschmeicheln gewußt hatte, obgleich diese ihm jedesmal versichert hatte, nun sei es das letzte Mal und Sigmar solle nur gar nicht erst den Versuch machen, er bekomme doch nichts wieder.

Er habe ihn aber doch immer wiederholt und mit Erfolg, denn die Tante hätte eine Schwäche für ihn gehabt; ihr aber hätte es in der Seele leid getan, daß der hübsche, reichbegabte Mensch dadurch nur in seinem unordentlichen Lebenswandel bestärkt werde, der Tante Vorstellungen zu machen. Das hätte sie denn auch in den letzten Tagen getan, denn sie hätte gewußt, Sigmar würde sich bald wieder einfinden; es sei gerade gewesen, als wittere er es, wenn Frau Klingenmüller frisch bei Kasse war. Gestern nachmittag habe er sich denn auch richtig wieder eingestellt und zum ersten Mal sei Frau Klingenmüller fest geblieben und habe ihm nichts gegeben.

»Wieviel verlangte er?« fragte der Kriminalrat.

Ohne Zögern antwortete Albertine:

»Sechstausend Mark, er forderte immer viel, – wenn er sich schließlich auch mit weniger zufrieden gab. Diesmal war er ganz besonders dringend, und ich hatte Mühe, die Tante mit meinen Blicken zu bestimmen, fest zu bleiben; ich tat es eben zu seinem Besten. Hätte ich ahnen können, daß er so verzweifelt war, ich hätte der Tante zugeredet, es ihm zu geben!«

»Sie meinen, daß er der Mörder ist?« fragte der Kriminalrat.

Albertine nickte.

»Sobald ich das Unglück sah, erfaßte mich der furchtbare Gedanke; Sigmar weiß Bescheid im Hause, er hat der Tante die Zeichnung zu der Veranda gemacht und den Türverschluß angegeben, er ist auch ein ausgezeichneter Turner und klettert wie eine Katze. Er hat sich keinen andern Rat gewußt, hat gedacht, er wolle sich in der Nacht, während die Tante schlief, das Geld holen; sie ist aufgewacht und da ist das Unglück geschehen. Das alles packte mich bei der Leiche der Tante, und darum flüsterte ich: Das ist mein Werk!«

»Das sind aber doch nur Vermutungen, die vorläufig jedes Beweises entbehren,« versetzte der Kriminalrat.

Noch einmal kämpfte Albertine mit sich, dann sagte sie:

»Nein, ich habe einen furchtbaren Beweis: Das Taschentuch, welches der armen Tante in den Mund gestopft war, gehört meinem Vetter! Ich habe selbst die Tücher gekauft, gesäumt und gestickt, die die Tante ihm zum letzten Geburtstag schenkte.«

Der Kriminalrat nahm das Tuch zur Hand, das ihm als Beweisstück mit eingeliefert war, und betrachtete es genau.

»Wir haben bisher angenommen, es sei ein Tuch der Frau Klingenmüller,« sagte er, »es ist mit S. gezeichnet und sie hieß Sophie. Sie haben dem auch nicht widersprochen.«

»Ich konnte mich nicht entschließen, ihn anzuklagen, aber es ist Sigmars Tuch, ich habe es auf den ersten Blick erkannt.«

»Und Sie ließen es geschehen, daß der Gärtner eingezogen ward?«

»Ich dachte, er würde schon seine Unschuld beweisen und Sigmar inzwischen davonkommen, denn er ist ja heute früh verreist, und dann dachte ich auch wieder, Windenbruch könne es doch vielleicht gewesen sein und ich tue meinem Vetter unrecht. Sie dürfen es nicht so genau mit mir nehmen, ich bin ein schwaches, hilfloses Mädchen, das durch den schrecklichen Vorfall ganz betäubt ist. Nun wissen Sie alles, nun habe ich mein Gewissen entlastet!«

Der Kriminalrat ließ ihr das Protokoll vorlesen; sie unterschrieb dasselbe und erklärte sich bereit, es zu beschwören.

Nachdem Fräulein Albertine Wenzel sich entfernt hatte, saß der Kriminalrot noch eine Zeitlang überlegend. Dann klingelte er und befahl, den Polizeiinspektor Grosser zu rufen, dem er den Auftrag gabt sich schleunigst das Signalement des Bauführers Sigmar Hartheim zu verschaffen, auf ihn zu fahnden und es nach allen Richtungen hin zu telegraphieren, dabei aber doch zu bemerken, daß man mit einer gewissen Schonung zu verfahren habe.

In dem schattigen Garten des zu dem ersten Hotel gehörenden Restaurants in der Residenz war um die Mittagszeit des nächstfolgenden Tages in einer Laube ein Tisch gedeckt, an welchem zwei junge Männer in leichter, eleganter Sommerkleidung bei einem erlesenen Frühstück saßen.

Der ältere von beiden, ein schlanker, zierlich gebauter Mann mit dunklem Haar und Bart, schwarzen Augen und warmer, südlich angehauchter Gesichtsfarbe schien der Gastgeber zu sein, denn die in einem Eisbehälter befindliche Flasche mit Rheinwein stand neben ihm, er besorgte das Geschäft des Einschenkens und trug auch die Kosten der Unterhaltung. Sein Gefährte, eine kräftige, breitschultrige Gestalt mit blondem Haar, hellem, wenn auch von der Sonne gebräuntem Teint, blauen Augen und angenehmen, lebensprühenden Zügen, verhielt sich sehr schweigsam und sprach auch den aufgetragenen guten Dingen nur in sehr mäßiger Weise zu.

»Du ißt mich nicht, Du trinkst mich nicht? Sage mir in aller Welt, was ich davon denken soll? Du bist doch sonst kein Verächter eines guten Glases Niersteiner!« sagte der Brünette lächelnd.

»Das bin ich auch heute nicht,« entgegnete der Blonde, griff nach dem vor ihm stehenden Glase und trank den darin befindlichen Rest aus.

Der Brünette betrachtete ihn ein paar Augenblicke mit verwundertem Kopfschütteln, dann begann er wieder:

»Was fange ich nur mit Dir an? Alle meine Bemühungen, Dich zu unterhalten und aufzuheitern, schlugen mir bis jetzt fehl.«

»So gib sie auf und überlaß mich meinem Schicksal,« erwiderte der andere. »In zwei Stunden geht der Zug, dann bist Du ohnehin von meiner Gesellschaft befreit.«

»Nicht also, Sigmar!« versetzte der Brünette und ging aus dem spöttischen, leicht sarkastischen Ton, in dem er bisher gesprochen hatte, zu einer ernsten, innigen Redeweise über. »Dieser störrische Geselle, wie Du ihn nennst, ist mein Freund, und ich habe wohl ein Anrecht darauf, zu erfahren, was den lebenslustigen, übermütigen Kumpan, den ich kenne, plötzlich in einen Kopfhänger verwandelt hat?«

»Ei, ich könnte Dir mit einem klassischen Zitat antworten, Max,« erwiderte Sigmar Hartheim, und nun huschte doch etwas von der gewohnten Lustigkeit über sein hübsches Gesicht: »Alleweil kann man nicht lustig sein!«

»Und alleweil hat man kein Geld!« fiel der mit dem Namen Max Angeredete ein. »Das trifft aber bei Dir nicht zu; Du hast Geld und bist mir noch in der zwölften Stunde als rettender Engel erschienen!«

»Daß es erst in der zwölften Stunde geschah, ist, dächte ich, kein Beweis, daß ich Geld habe, ich hätte Dir meine Schuld gern früher bezahlt!«

»Sigmar, sei ehrlich, Du zürnst mir, daß ich Dich drängte und bestürmte, mir das Geld zurückzuzahlen!« sagte Max.

»Nicht doch. Du warst ja in Deinem Recht!« versetzte Hartheim abwehrend.

»Eine erbauliche Auffassung unter Freunden, die sich auf den Boden des kalten Rechts stellen,« rief der junge Mann. »Nein, Sigmar, ich war in der schrecklichsten, drückendsten Verlegenheit. Hätte ich den fälligen Wechsel gestern bis sechs Uhr abends nicht bezahlen können, so war ich verloren. Es wäre mir nichts übrig geblieben, als mir eine Kugel durch den Kopf zu jagen.«

Sichtbar peinlich berührt, fiel Hartheim ein:

»Ich las das aus Deinem letzten Briefe und fuhr her, da ich – das Geld im letzten Augenblick erst aufzutreiben vermochte und keine Zeit mehr blieb, es Dir zu schicken.«

»Sigmar,« bat Werden wieder, »grolle mir nicht länger! Ich wiederhole Dir, meine Laufbahn, die Ehre meines Lebens, ja, mein Leben selbst hingen von dem Besitz des Geldes ab. Hätte ich aber ahnen können, daß ich Dich durch meine Mahnung so tief verletzte –«

»Du hast mich nicht verletzt, Max? Du faßt die Sache von einem ganz falschen Gesichtspunkte auf!« unterbrach Sigmar ihn.

»Nein,« beharrte der andere, »ich dachte, es könne dir nicht allzu schwer werden. Dir die Summe zu verschaffen, da ich ja von Dir weiß, daß Deine reiche alte Tante immer wieder herausrückt!«

»Sie hat es mir diesmal sehr – sehr schwer gemacht!« murmelte Sigmar.

»Verzeih, Sigmar, Du scheinst wirklich einen harten Strauß um meinetwillen bestanden zu haben und die bitteren Empfindungen davon noch nicht verwinden zu können!« sagte der andere.

»Nie in meinem ganzen Leben!« stöhnte Sigmar.

»Oho, Freund, was fällt Dir nur heute ein, alle Dinge so hoch tragisch zu nehmen?« lachte Werden. »Die Hauptsache bleibt doch, die Tante hat das Geld gegeben –«

»Sprechen wir nicht mehr davon!« rief Hartheim, indem er aufsprang und vor dem Eingang der Laube auf- und abging.

»Sprechen wir nicht mehr davon!« stimmte Max von Werden bei. »Wählen wir einen angenehmeren Gesprächsstoff! Du hast mir noch gar nichts von Imhilde Follenius erzählt!«

»Sie befindet sich auf dem Wege nach England,« erwiderte Sigmar.

In Werden's Gesicht leuchtete es verständnisvoll auf; er glaubte jetzt den eigentlichen Grund für die Mißstimmung seines Freundes entdeckt zu haben.

»Für lange Zeit?« fragte er.

»O, nein, auf zwei bis drei Monate,« war die kühle Antwort, »es ist ein sogenanntes Sommerengagement.«

»Ein Sommerengagement?« wiederholte Max verwundert. »Ist denn Imhilde zur Bühne gegangen?«

»Das gerade nicht, obwohl es auch schon fatal genug ist,« sagte Sigmar unmutig, »sie ist als Musiklehrerin in das Haus eines englischen Baumwollenfürsten gegangen.«

»Darin sehe ich nichts Unrechtes,« bemerkte Werden gelassen.

»Unrechtes! Als ob in Imhilde's ganzem Verhalten sich je etwas Unrechtes fände!« brauste Sigmar auf. »Immer das gleiche Maß, immer dieselbe vornehme Ruhe und Ueberlegenheit!«

»Das gerade hat mir immer an ihr so gefallen,« versetzte Werden.

»Und das gerade ist es, was eine Schranke zwischen uns aufrichtet, die ich bis jetzt noch nicht zu überspringen vermocht habe!« rief Sigmar lebhaft. »Ich liebe Imhilde. Ihr süßes Gesicht, ihre anmutige

Gestalt, ihre melodische Stimme bezaubert mich ebenso sehr wie ihr Wesen, ich habe guten Grund, mich von ihr geliebt zu glauben, und dennoch ist sie mir zu klug, zu geistvoll; sie hat mehr gelernt, als ein Mädchen eigentlich lernen sollte!«

»Sie überhebt sich aber doch nie, soweit ich sie kenne!«

»Nein, sie ist die Bescheidenheit selbst, trotzdem fühlt man aber immer ihre geistige Ueberlegenheit heraus und, hol's der Kuckuck, das ist unbequem! Man möchte sich doch nicht gern von einem Frauenzimmer überholen lassen!«

»Das hast Du auch wohl nie zu befürchten, Sigmar, wenn Du Dich nur ein wenig zusammennimmst!« sagte der andere mit leisem Vorwurf.

»Das ist's ja eben! Wer hätte denn Lust, sich beständig vor seiner Frau zusammenzunehmen? Da will man sich doch gehen lassen, da sollen auch noch einmal fünf gerade sein!« entgegnete Sigmar, und jetzt kamen die Leichtlebigkeit und der Uebermut, die sein Freund bisher an ihm vermißt hatte, doch voll zum Durchbruch. »Nein, ehe ich mir ein solches Leben zimmere, versuche ich, ob ich mir Imhilde nicht aus dem Sinn schlagen kann; die beste Gelegenheit dazu hat sie mir jetzt ja selbst geboten.«

»Wieso?«

»Sie besteht darauf, daß während ihres Aufenthalts in England keine Briefe zwischen uns gewechselt werden, sie will nicht, daß ihre Lady auf den Verdacht gerät, sie stehe in irgend einer Verbindung mit einem Manne.«

»Das zeigt eine sehr richtige Auffassung der englischen Verhältnisse,« erklärte Werden.

»Ich sage Dir ja, sie ist die Klugheit selber!« versetzte Sigmar. »Auch während sie in B. lebte, hat sie streng darauf gehalten, daß niemand von unseren Beziehungen zu einander eine Ahnung hatte. Mir konnte das schon recht sein.«

Er griff nach dem Glase, leerte es auf einen Zug, goß sich selbst noch eins ein, das er schnell dem andern folgen ließ, und ward jetzt plötzlich von einer lauten, lärmenden Lustigkeit erfaßt, welche Werden noch weniger gefallen wollte, als das früher nachdenkliche

Wesen. Mechanisch griff er nach der Zeitung, die der Kellner, welcher den Tisch abräumte, mitgebracht hatte, blätterte gleichzeitig darin und fuhr plötzlich betroffen auf. –

»Wohnt Deine Tante in der Weststraße in B.?« fragte er.

»Ja, weshalb?« entgegnete Sigmar.

Der andere las aus der Zeitung vor:

»Gestern nacht während eines schweren Gewitters ist eine Frau Klingenmüller in der Weststraße ermordet und beraubt worden; man hat den Gärtner gefänglich eingezogen, glaubt aber jetzt eine andere Spur zu haben –«

Sigmar hörte ihn schon nicht mehr, er hatte ihm die Zeitung aus der Hand gerissen und stierte in dieselbe hinein; aber es war sehr zweifelhaft, ob er nur eine Silbe zu lesen vermochte; die Buchstaben verschwammen vor seinen Augen, die Gestalt des kräftigen jungen Mannes bebte, keuchend ging sein Atem.

»Ich muß fort, auf der Stelle!« rief er.

»Das nützt Dir ja nichts, armer Freund!« sagte Werden mitleidig. »Der Zug geht erst in anderthalb Stunden und der Bahnhof ist nur wenige Schritte entfernt von hier!«

»Gleichviel, ich muß fort!« entgegnete Sigmar eigensinnig. »Halte mich nicht auf! Lebe wohl!« Er griff nach seinem Hute und wollte fortstürzen.

»So warte doch, ich begleite Dich, laß mich nur erst die Rechnung bezahlen!« bat Werden, aber Hartheim hörte nicht auf ihn.

»Bleibe, ich habe keine Minute zu verlieren!« sagte er und stürzte aus der Laube, prallte aber gleichzeitig gegen einen Herrn, der in Begleitung eines andern von der entgegengesetzten Seite herbeigekommen war, so daß der in der Laub Sitzende ihre Annäherung nicht hatte gewahren können. Mit einer hastig gestammelten Entschuldigung wollte Sigmar vorübereilen, aber die beiden Fremden vertraten ihm den Weg und der eine sagte mit der größten Höflichkeit, aber sehr bestimmt:

»Verzeihen Sie, mein Herr, auf ein Wort!«

»Ich bitte um Entschuldigung, aber meine Zeit ist gemessen,«
antwortete Sigmar und wollte Raum gewinnen, der Herr wich aber
nicht von hinnen und beharrte darauf, seine Angelegenheit gestatte
keinen Aufschub.

»Sie müssen sich in der Person irren, mein Herr,« rief Sigmar unwillig, »ich bin hier am Ort ganz unbekannt und –«

»Man hat mir in dem Hotel gesagt, daß Herr Sigmar Hartheim,
Bauführer aus B. dort wohne und sich in dem zum Restaurant gehörenden Garten befinde,« erwiderte der Herr mit unerschütterli-
cher Ruhe.

»Der Bauführer Hartheim bin ich allerdings!« erklärte Sigmar.
Nach kurzer Pause fuhr er fort: »Sie suchen mich wegen der Ermordung meiner Tante, der Frau Klingenmüller, auf?«

»Ganz recht!«

»Ich habe das schreckliche Ereignis soeben in der Zeitung gelesen
und stand gerade im Begriff, nach dem Bahnhof zu eilen und nach
B. zurückzufahren.«

»Der Zug nach B. geht erst in anderthalb Stunden, dagegen fährt
ein anderer, welcher nach Hamburg abgelassen wird, in wenigen
Minuten. Sollte der Herr Bauführer den vielleicht erreichen ge-
wünscht haben?« bemerkte der Begleiter des Inspektors, der bis
jetzt noch nicht gesprochen hatte.

Auch Werden war jetzt hinzugetreten; er schaute dem Auftritt
mit Verwunderung zu und eine bange, entsetzliche Ahnung wollte
ihn beschleichen, denn er erkannte in dem zweiten Herrn einen
höheren Polizeibeamten der Residenz.

»Wie kommen Sie auf den Gedanken, daß mein Freund nach
Hamburg wollte, Herr Polizeirat?« wandte er sich an diesen, welcher den jungen Gesandtschaftsattachee mit einem eigentümlichen,
aus Bedauern, Besorgnis und einer Dosis Argwohn gemischten
Blick ansah.

»Der Herr ist Ihr Freund, Herr von Werden?« sagte er.

»Gewiß« erwiderte Werden. »Er ist lediglich meinetwegen hierhergekommen und will jetzt wieder nach B. zurückfahren.«

»Das wird Herr Hartheim allerdings tun, aber er wird sich dabei meine Begleitung gefallen lassen müssen,« erklärte der Polizei-Inspektor.

»Was bedeutet diese Sprache?« fuhr jetzt Hartheim auf.

»Das bedeutet, daß ich den Auftrag habe, Sie zu verhaften und an das Kriminalgericht in B. abzuliefern,« versetzte Grosser, indem er die Hand auf Sigmar's Arm legte.

Wie von einem schweren Schlage getroffen, taumelte dieser zurück.

»Mich verhaften?« gurgelte er hervor. »Weshalb?«

»Unter dem dringenden Verdacht, den Mord an der Frau Klingenmüller verübt zu haben!« betonte der Polizei-Inspektor.

»Ich verstehe!« entgegnete Sigmar rauh. »Vorwärts denn, meine Herren! Leb wohl. Max!«

»Ich folge Dir bald,« versicherte dieser.

»Dazu werden Sie schon in den nächsten Tagen Gelegenheit haben, man wird Sie als Zeuge vorfordern,« raunte Birkbach ihm zu und trat an die linke Seite Hartheim's, während der Polizei-Inspektor zu seiner Rechten schritt und die Miene annahm, als führe er mit seinen Begleitern eine heitere Unterhaltung.

Der Abend dämmerte bereits, als der Zug, welcher Sigmar Hartheim als Gefangenen in seinen bisherigen Wohnort zurückbrachte, auf dem Bahnhof anlangte. Dort wartete seiner eine geschlossene Kutsche und alle Maßregeln waren so umsichtig getroffen, daß er, ohne das geringste Aufsehen zu erregen, die Fahrt nach dem Kriminalgericht zurücklegte.

Als der Wagen sich in Bewegung setzte, trat hinter einem Pfeiler ein kleiner Mann in grauem Anzuge, einen mächtigen Trauerflor um den Arm und den Hut, hervor und schlug den Weg nach der Westvorstadt ein. Es war der Buchbinder Ladenburg, der sich mit eigenen Augen davon überzeugen wollte, ob der Mörder seiner Gönnerin auch wirklich in die Hände der Justiz gefallen sei.

*

Wenn auch nicht ohne Widerstreben hatte der Kriminalrat Mörner sich doch davon überzeugen müssen, daß der Gärtner Windenbruch nicht der Mörder der Frau Klingenmüller sei, und der Verdacht, er habe sich zum Helfer und Mitwisser bei der dunklen Tat hergegeben, ward durch nichts unterstützt.

Sobald Windenbruch erfuhr, daß die Geschichte seines Lotteriegewinnes zu Tage gekommen und die Strafe dafür nur in dem Verlust eines Teiles des Geldes bestehen könne, schien er ein anderer Mensch geworden zu sein, und erzählte nun verständig die Vorgänge des Tages vor und des Morgens nach dem Morde seiner Herrin.

Die einzige Schuld, die ihm nachgewiesen werden konnte und der er sich auch selbst bitter anklagte, war die Fahrlässigkeit, vermöge welcher er während der Nacht die Leiter im Garten hatte liegen lassen, wodurch dem Mörder das Aufsteigen an das Fenster der unglücklichen Frau erleichtert worden war.

Mit einer ernsten Vermahnung, sich nie wieder nur einen Strohhalm breit vom Pfade der Pflicht zu entfernen, da das geringste Abweichen die schwersten Folgen nach sich ziehen könne, setzte der Kriminalrat den Gärtner in Freiheit und gab ihm das ihm abgenommene Geld zurück. Windenbruch's erster Gang war zu Ladenburg, um sich bei diesem zu bedanken, denn er hatte erfahren, daß derselbe von Anfang an entschieden für seine Unschuld eingetreten war.

Er traf den Buchbinder auf der Schwelle seiner Wohnung, im Begriff, nach der Weststraße zu gehen, wo er sich jetzt den größten Teil des Tages befand und geradezu unentbehrlich zu machen verstand.

Er empfing den Gärtner mit großer Freude.

»Ist es denn wahr, Herr Ladenburg?« fragte der Gärtner. »Der Gefängniswärter erzählte mir, Herr Hartheim soll es gewesen sein!«

Ladenburg stieß einen Seufzer aus und nickte.

»Ich kann es nicht glauben,« versetzte der Gärtner.

»Und ich möchte es nicht glauben,« stöhnte Ladenburg, »aber leider – leider!«

»Haben sie ihn denn schon?«

»Nein, noch nicht, er ist entflohen! O, möchte den Unseligen doch Finsternis decken, daß ihn die Häscher nicht finden; ich wünschte das um des armen Fräuleins willen.«

»Nun, sie hat Herrn Sigmar doch nie recht leiden können,« meinte der Gärtner.

»Sie verkennen sie! Nur seinen Leichtsinn haßte sie! Doch Sie werden sie selbst sehen in ihrer Trauer. Begleiten Sie mich, ich bin soeben auf dem Wege nach der Weststraße.«

»Ich weiß doch nicht,« sagte der Gärtner, sich hinter den Ohren kratzend, »Fräulein Albertine und Katharina haben gegen mich ausgesagt –«

»Sie bereuen jetzt bitter die in der ersten Bestürzung gesprochenen Worte,« unterbrach der Buchbinder ihn, »und werden sich glücklich preisen, Sie wiederzusehen. Kommen Sie mit, wir bedürfen Ihrer, denn es liegt uns ein heiliges Werk ob: die Bestattung der teuren Toten. Sie werden uns Ihre Hilfe dabei nicht versagen, Windenbruch?«

Es gelang ihm, den Widerstand des Gärtners zu besiegen, und er führte ihm Albertine mit einigen pathetischen Redensarten zu, welche diese in ihrer kalten nüchternen Weise gelassen anhörte.

Ohne sich mit einem Wort bei dem Gärtner zu entschuldigen, gab sie ihm sogleich Aufträge, nicht als ob er als unschuldig Angeklagter aus dem Gefängnis, sondern als ob er von einem Geschäftsgang heimkehrte.

Als Ladenburg ihr darüber Vorstellungen machte, zuckte sie die Achseln und sagte:

»Ich sehe gar nicht ein, weshalb ich so viel Rücksichten nehmen soll! Auf mich ist in meinem Leben noch nie Rücksicht genommen worden!«

»Das wird jetzt anders werden!« versicherte Ladenburg mit einem zärtlichen Händedruck. »Jetzt bist Du hier die Herrin und wirst keinen ergebneren Diener haben als mich!«

»Still,« flüsterte sie, »wenn uns jemand hörte!« Ihr kaltes, gleichgültiges Gesicht überflog dabei aber doch ein Schimmer der Freude, der jedoch bald genug wieder dem gewöhnlichen, nüchternen Ausdruck desselben Platz machte. »Laß doch die Redensarten,« wehrte sie, »das schickt sich für Leute in unserem Alter nicht mehr.«

Ein verzückter Blick traf die Sprechende.

»Man ist so jung, wie man sich fühlt,« deklamierte der Buchbinder, »und in Deiner Nähe –«

»Laß doch das!« unterbrach sie ihn. »Erzähle mir lieber, wie Dein Verhör beim Kriminalrat heute abgelaufen ist.«

»Meine Aussage hat einen großartigen Eindruck gemacht.« meinte der Buchbinder.

»Wunderte der Kriminalrat sich denn gar nicht, daß dieser wichtige Umstand Dir erst nachträglich eingefallen ist?« fragte sie scharf.

»Nein, er fand es nur in der Ordnung, daß ich nach reiflicher Erwägung und innerem Kampfe der Wahrheit die Ehre gab, aber freilich,« fügte Ladenburg hinzu, »das Zeugnis bricht Deinem Vetter den Hals.«

»Ist er denn schon verhaftet?«

»Ja, der Polizei-Inspektor Grosser hat telegraphiert, daß er mit ihm unterwegs sei. Morgen ganz früh muß ich wieder auf das Gericht, um das Geld zu rekognoszieren, das er noch bei sich gehabt hat. Von dort komme ich direkt hierher zum Leichenbegängnis.«

Sie wollte noch Einwendungen erheben, aber er schlug alle ihre Gegenreden siegreich nieder, und das Ende von diesem wie von manchem anderen Disput war, daß sie sich in allem seinen Anordnungen fügte.

Die Beteiligung an der Beerdigung der bisher wenig bekannten und wenig beliebten Frau Klingenmüller war denn auch eine ganz außergewöhnliche. Ein unabsehbarer Zug von Leidtragenden folgte zu Fuß und zu Wagen dem prächtig angeschirrten Leichenwagen, auf welchem der kostbare eichene Sarg mit schweren silbernen Griffen unter Blumen und Kränzen ganz vergraben stand.

Die größte Aufmerksamkeit richtete sich natürlich auf die einzige anwesende Verwandte der Ermordeten, die es sich nicht hatte nehmen lassen wollen, der geliebten Tante das Geleit bis zum Grabe zu geben. Tief verschleiert, in völlig gebrochener Haltung, ein Bild des erschüttertsten Schmerzes, hatte Albertine Wenzel den Wagen verlassen und schritt am Arme des sie ehrerbietig stützenden Ladenburg den Kirchhofsweg hinauf.

Das Leichengefolge hatte sich geordnet, die Musik intonierte den Grabgesang, dann erhob sich voll und weithin schallend die Stimme des Geistlichen zu einer tiefergreifenden Rede am offenen Grabe, an deren Schluß er auf das Verhalten der beiden einzigen Verwandten der Frau Klingenmüller zu sprechen kam, die Hingebung und aufopfernde, bis über das Grab währende Treue der Nichte rühmte und eine Fürbitte für den armen Vertretern zum Himmel sandte, der jetzt vor seinem irdischen Richter stehe.

In der Tat war Sigmar Hartheim dem Untersuchungsrichter zum ersten Verhör vorgeführt worden, während der Leichenzug seiner Tante sich von deren Wohnung in der Weststraße aus durch die ganze Stadt in Bewegung setzte, denn der Kirchhof lag am entgegengesetzten Ende derselben, nicht allzufern vom Kriminalgericht. Die Klänge des Trauermarsches schollen daher bis in das Amtszimmer des Kriminalrats Mörner.

Obgleich Sigmar schon am Abend vorher eingetroffen war, hatte der Kriminalrat absichtlich das erste Verhör mit ihm so lange verzögert. Wo er nicht durch Ueberraschung wirken konnte, und das war im vorliegenden Falle nicht mehr möglich, da hielt er es für geraten, den Angeklagten vor dem Verhör etwas mürbe zu machen, und dazu schien ihm eine Nacht im Gefängnis für einen Menschen, welcher zum erstenmal die Bekanntschaft eines solchen Aufenthalts macht, ein sehr geeignetes Mittel.

Kriminalrat Mörner warf, als Hartheim ihm vorgeführt wurde, einen ruhigen, scharfprüfenden Blick auf den Gefangenen, aber die Menschenkenntnis ließ ihn hier im Stich, er konnte sich über den vor ihm stehenden schönen blonden jungen Mann nicht sogleich ein rechtes Urteil bilden.

»Herr Hartheim,« begann er, »darf ich hoffen, daß Sie meine Fragen offen und ohne jeden Rückhalt beantworten werden? Ich mache Sie darauf aufmerksam, daß Sie Ihrer Sache damit selbst den besten Dienst leisten werden.«

»Fragen Sie, Herr Kriminalrat! Sie sehen mich nicht nur bereit zu antworten, sondern so gar sehr gespannt auf das ganze Verhör. Ich hoffe, durch dasselbe endlich zu erfahren, wessen man mich eigentlich anklagt.«

»Der Inspektor Grosser hat Ihnen bei Ihrer Verhaftung die Veranlassung doch nicht vorenthalten!« sagte der Kriminalrat.

»Ja, er sagte, ich solle einen Mord begangen haben; ich kann das nicht ernsthaft nehmen!« erwiderte Hartheim.

Mörner stand auf, öffnete das Fenster und sagte feierlich:

»Hören Sie die Klänge der Trauermusik, die aus der Ferne zu uns herüberdringen? Sie kommen vom Leichenbegängnis Ihrer Tante.«

Sigmars hübsches Gesicht, welches das Gefängnis und die Anklage nur um wenige Schatten bleicher gemacht hatte, überzog sich bei diesen Worten mit einer tiefen Blässe, das Lächeln verschwand von seinem Gesicht, Schmerz und ein tiefer Unwille gaben sich darauf kund.

»Man bestattet meine Tante und hält mich davon fern!« rief er. »Das ist unerhört, das ist ein schreiendes Unrecht gegen die Verstorbene, das ist eine Verhöhnung meiner Gefühle, ein Angriff auf meine Ehre!«

Mörner wußte nicht, was er bei diesem Ausspruch machen sollte. Hartheim's Auftreten war so seltsam. Seinem Vorsatz getreu, fuhr der Rat jedoch gelassen fort:

»Sie können doch nicht verlangen, daß man den des Mordes Angeklagten als ersten Leidtragenden bei dem Begräbnis der Ermordeten erscheinen lassen soll!«

»Es wäre vielleicht pikant gewesen, ihn gefesselt hinter dem Sarge herzuführen! Der Mob würde sich sicherlich empfänglich dafür gezeigt haben!« erwiderte Hartheim ingrimmig, fügte aber gleich darauf milder hinzu: »Herr Gerichtsrat, es ist ja nicht möglich, daß

Sie mich für den Mörder der einzigen Schwester meiner Mutter halten! Wer klagt mich denn eigentlich an?«

»Niemand als die Tatsachen!« antwortete der Kriminalrat.

»Auf dies Tatsachen wäre ich doch neugierig,« rief Sigmar lebhaft.

»Sie sollen Ihnen nicht vorenthalten werden,« erwiderte Mörner. »Zunächst haben Sie jedoch meine Fragen zu beantworten!«

»Und die Trauermusik um meine Tante bildet die Begleitung dazu, dieses Verhör und diese Stunde ist eine raffinierte Grausamkeit,« murmelte Sigmar, faßte sich aber gewaltsam und beantwortete gelassen, ja, mit einer gewissen hochmütigen Verachtung die ihm vorgelegten Fragen. Seine Aussagen stimmten bis zu dem Augenblick, in welchem er nach seinem letzten Besuch bei Frau Klingenmüller deren Haus in der heftigsten Erregung verlassen hatte, ganz genau mit denen seiner Cousine überein; auch den Zweck seines Besuches gab er, obwohl mit einigem Widerstreben zu. Was hätte das Ableugnen geholfen, da Albertine Zeugin des Auftritts gewesen war?

»Wozu bedurften Sie der ziemlich bedeutenden Summe, die Sie von Ihrer Tante verlangten?« setzte der Untersuchungsrichter sein Verhör fort.

»Wozu ein junger Mann in meiner Stellung, der noch ein wenig oder gar keine Einkünfte hat, eben Geld gebraucht,« erwiderte Sigmar. »Der Staat sollte von seinen jungen Beamten nicht verlangen, daß sie so lange unentgeltlich arbeiten!«

»Das sind Dinge, die durchaus nicht hier her gehören,« unterbrach der Untersuchungsrichter ihn. »Sie bedurften des Geldes, um eine Schuld an den Gesandtschaftsattache von Werden zu bezahlen.«

»Richtig, Sie wissen das durch Werdens Aussage,« gab Sigmar zu.

Er befand sich in großer Verlegenheit, drängte Sie um Rückzahlung und Sie wollten die Summe von Ihrer Tante haben?«

»Ja.«

»Sie gab Ihnen das Geld jedoch nicht. Dennoch fuhren Sie am nächsten Tage nach W. und überbrachten es Herrn von Werden.«

»Ich muß es mir also schon auf eine andere Weise verschafft haben,« erwiderte Sigmar sehr von oben herunter.

»Auf welche Weise?«

»Ich habe es mir geliehen!«

»Von wem?«

»Das darf ich Ihnen nicht sagen, mich bindet ein Ehrenwort,« sagte der junge Mann mit festem Tone.

»Ich fürchte, es bindet Sie etwas anderes,« versetzte der Untersuchungsrichter, dem Sigmar's Verhalten immer weniger gefiel. »Wohin gingen Sie, nachdem Sie Ihre Tante verlassen hatten?«

»Nach verschiedenen Orten, ich suchte das Geld eben wo anders aufzutreiben,« erwiderte Sigmar mit sichtlicher Ungeduld.

»Und wo befanden Sie sich während der Nacht?«

»In meinem Bette,« war die Antwort.

»Womit können Sie das beweisen?«

»Durch nichts. Wie sollte ich das. Ich wohne allein, habe ein paar möblierte Zimmer mit besonderem Eingang gemietet, und niemand hört mein Kommen und Gehen oder kümmert sich darum.«

»Sie behaupten also, während des Gewitters zu Hause gewesen zu sein?«

»Ja, ausnahmsweise, denn sonst pflege ich gar nicht so früh nach Hause zu gehen, aber ich hatte keine Lust, Gesellschaft aufzusuchen.«

»So vermögen Sie Ihr Alibi nicht nachzuweisen?«

Sigmar lachte.

»Hätte ich gewußt, was mir bevorstand, würde ich lieber die ganze Nacht in der Kneipe geblieben sein! Das kommt davon, wenn man einmal solid ist!«

»Lassen Sie das Scherzen,« mahnte der Kriminalrat streng. »Kennen Sie dieses Taschentuch?«

Er hielt ihm urplötzlich ein zerknittertes, jetzt wieder notdürftig geglättetes Taschentuch unter die Augen.

Hartheim warf einen Blick darauf und sagte achselzuckend:

»Ich glaube, ich besitze ähnliche.

»Sie besitzen ganz gleiche; man hat sie in Ihrer Wohnung und in dem kleinen Handkoffer, den Sie mit nach W. genommen haben, gefunden. Fräulein Wenzel hat ausgesagt, daß Sie ein Dutzend solcher Taschentücher von Ihrer Tante zum Geburtstag bekommen haben.«

»Ganz recht! Was weiter?«

»Ist Ihnen ein solches Taschentuch abhanden gekommen?«

Sigmar zuckte die Achseln.

»Sie stellen mir wirklich seltsame Zumutungen, Herr Kriminalrat. Meinen Sie, ich führe Buch über den Verbleib meiner Taschentücher? Ich mag im Verlauf des Jahres ein paar Dutzend verlieren!«

»Von dem in Rede stehenden Dutzend waren elf Stück noch vorhanden. Wissen Sie, wo das zwölfte sich gefunden hat?«

»Im Munde der Ermordeten, zu einem Knebel zusammengedreht!«

Mit einem halbunterdrückten Angstruf fuhr Hartheim zurück und der Kriminalrat glaubte jetzt den Augenblick gekommen, ihm ein Geständnis entreißen zu können.

»Erkennen Sie Gottes Finger!« sagte er ernst und eindringlich. »Das Taschentuch, das Sie der gütigen Fürsorge Ihrer Tante verdankten und das Sie bei Ihrem Frevel benutzten, ihre Stimme zu ersticken, redet nun statt der Toten und wird zum Ankläger wider Sie!«

Sigmar vermochte nur den Kopf zu schütteln.

»Ihre Tante hat Ihnen das Geld, welches Sie von Ihr verlangten, abgeschlagen,« fuhr der Kriminalrat fort, »Sie waren in Verlegenheit, was sage ich, in Verzweiflung, wußten, daß die alte Frau reich sei, und daß Sie mit Ihrer Cousine deren einzige Erben waren. Da gewann der Versucher Macht über Sie. Mit der Oertlichkeit wohlvertraut, kletterten Sie über den Zaun des Vorgartens; nach der Leiter brauchten Sie nicht zu suchen, die hatte des Gärtners Fahrlässigkeit Ihnen bequem zurechtgelegt; das Gewitter begünstigte Ihr Vorhaben. Sie stiegen ins erste Stockwerk ein, die alte schwache Frau war bald bewältigt und die Tat war geschehen!«

Hartheim sank wie vernichtet auf einen in der Nähe befindlichen Stuhl.

»Sie halten mich für ein Scheusal!« stieß er mit von Wut und Schmerz halberstickter Stimme hervor. »Wer wagt es, mich solcher Untaten zu beschuldigen?«

»Ich habe Ihnen bereits gesagt: die Tatsachen!« erwiderte Mörner. »Ich stehe jedoch nicht an, hinzuzufügen, daß auch die Aussagen der Zeugen sehr belastend gegen Sie lauten!«

»Welcher Zeugen?«

Der Untersuchungsrichter ließ ihm die Protokolle vorlesen. Der Gärtner, Katharina und Albertine hatten ausgesagt, daß er am Spätnachmittag vor der Ermordung der Frau Klingenmüller, nachdem die letztere ihm eine von ihm geforderte Geldsumme abgeschlagen, in großer Erregung das Haus verlassen habe, und die letztere hatte hinzugefügt, es sei ihr erst später wieder ins Gedächtnis gekommen, daß er beim Fortgehen den Sekretär mit einem vielsagenden Blick gestreift und die Worte gemurmelt habe: »Dein Erlöser lebt noch!«

»Das ist eine Lüge!« rief Sigmar dazwischen.

Fräulein Albertine Wenzel hat die Aussage erst nach langer Erwägung gemacht und sie beschworen,« entgegnete der Kriminalrat strafend. »Erklären Sie es auch für eine Lüge, daß Sie die Aeußerung getan haben, man könne der Frau Klingenmüller kein längeres Leben wünschen; es wäre ein Glück, wenn sie bald stürbe?«

»Ja, in dieser Zusammenstellung erkläre ich die Aussage allerdings für eine bösartige Entstellung. Meine arme Tante war kränklich und mit sich und der Welt zerfallen; da kann ich gegen Albertine wohl einmal einen ähnlichen, wenn auch nicht so schroffen Ausspruch getan haben. Was beweist das?«

»Daß Sie auf den Tod der Tante oder besser auf die Erbschaft warteten –«

»Nicht ich tat das, sondern Albertine!« unterbrach Sigmar den Kriminalrat.

»Wollen Sie Ihre Kousine anklagen?«

»Nein, davor bewahre mich Gott!« rief Sigmar mit überwallender Empfindung. »Sie ist zweifellos an dem Geschehenen so unschuldig wie ich; aber ich weiß es, sie haßt mich und hat auch die Tante nie geliebt!«

»Sie tun ihr sehr unrecht!« sagte der Rat erregt. »Fräulein Wenzel hat nur mit großem Widerstreben das Zeugnis gegen sie abgelegt und sogar, um Sie zu schonen, zuerst den Gärtner verdächtigt, dessen Unschuld jedoch sehr bald an den Tag kam. Es liegt aber noch ein anderes Zeugnis gegen Sie vor.«

»Wessen?«

»Das des Buchbinders Ladenburg.«

»Des wunderlichen kleinen Mannes, der Faktotum bei meiner Tante war?« fragte Hartheim mit einem halben Lachen. »Was kann der wider mich zu sagen haben?«

»Er hat gesehen, wie Sie über den Zaun des Vorgartens gestiegen sind.«

»Das ist eine infame Lüge! Und die Unwahrheit liegt auch auf der Hand! Die Tat soll ja während des Gewitters geschehen sein; da aber war es doch stockdunkel!«

»Ein Blitz beleuchtete für einen kurzen Augenblick Ihre Züge.«

»Warum hat der kleine Halunke mich denn da nicht festgehalten?«

»Weil er in dem Neffen der Frau Klingenmüller keinen Mörder und Räuber vermutete, sondern glaubte, Sie wären noch spät bei Ihrer Kousine gewesen, um sich nach dem Befinden der erkrankten Tante zu erkundigen, und hätten der alten Magd in dem Wetter den Weg nach dem Vorgarten ersparen wollen. Was haben Sie darauf zu sagen?«

»Nichts, als daß ich das Opfer einer Reihe von Irrtümern oder eines ganz abscheulichen Komplotts bin.«

»Es ist ein glücklicher Griff, sich dadurch zu verteidigen, daß man andere beschuldigt.«

»Ich beschuldige niemand, aber ich kann auch nicht zugeben, daß nun ein Wort der gegen mich erhobenen Anklagen auf Wahrheit beruht.«

»Sie bleiben trotz der gegen Sie vorliegenden Beweise bei Ihrem Leugnen?«

»Trotz und wegen derselben.«

»Eine längere Haft wird Sie anderen Sinnes machen.«

»Ich muß es auf den Versuch ankommen lassen,« antwortete Hartheim gelassen.

Der Kriminalrat schloß das Verhör und befahl, den Gefangenen in seine Zelle zurückzuführen.

Das Leben in dem stillen, weltabgeschiedenen Hause der Frau Klingenmüller ging nach deren Tode äußerlich denselben Gang. Albertine schaltete darin nach gewohnter Weise mit dem Gärtner und der alten Kathrina, und wurden ihr Vorstellungen gemacht, sie solle nicht so allein in einem Hause bleiben, das der Schauplatz einer so schrecklichen Tat gewesen sei, so lächelte sie in ihrer kalten Weise und sagte, sie habe nichts zu befürchten, Geld befinde sich nicht in ihrem Besitz, und der einzige, der ein Interesse an ihrem Tode haben könne, sitze hinter Schloß und Riegel.

Je weiter die Untersuchung gegen Sigmar fortschritt, desto mehr wuchs Albertines Erbitterung gegen ihn. Sie, die sich anfänglich nur widerstrebend zu einem Zeugnis gegen den Vetter herbeigelassen hatte, war im Laufe der Zeit seine schärfste Anklägerin geworden und wußte bei jeder Vernehmung neue ihn belastende Momente vorzubringen. Alles geschah aber in einer so natürlichen, ruhigen Weise, daß niemand behaupten konnte, sie werde in ihrem Verhalten durch einen anderen Beweggrund als das Gefühl für Recht und Gerechtigkeit geleitet.

Und doch haßte Albertine ihren Vetter Sigmar, haßte ihn mit jenem stillen, kalten, instinktiven Haß, welchen das Häßliche, Nüchterne und Alltägliche gegen das Glänzende, Phantastische, Berückende empfindet, – mit jenem Haß, der seine Wurzel und seinen Ausgangspunkt im Neide hat.

Und Neid, ein tiefer verbissener Neid war der Grundzug ihres ganzen Wesens.

Albertine Menzel war die Tochter eines Kaufmanns, welcher das eigene, wie das bedeutende Vermögen seiner verstorbenen Frau in gewagten Spekulationen verschleudert und sich dann dem Trunke ergeben hatte, so daß sein einziges Kind noch bei seinen Lebzeiten aus seinen Händen genommen und einer Waisenanstalt übergeben werden mußte. Hier blieb sie nach dem bald darauf erfolgten Tode ihres Vaters bis zu ihrer Konfirmation, und dann war eines Tages ihre Tante, Frau Klingenmüller, die sich bis dahin nicht um sie gekümmert, erschienen und hatte sie mitgenommen – aus einem Kerker in den andern, wie Albertine sich bald sagte.

Frau Klingenmüller war um diese Zeit durch die gerichtliche Scheidung von dem Gatten, mit dem sie in einer höchst unglücklichen Ehe gelebt und von dem sie seit vielen Jahren getrennt gewesen war, die unumschränkte Herrin eines bedeutenden Vermögens geworden und hatte freie Hand bekommen, sich der Nichte anzunehmen; sie tat das denn auch, aber freilich auf ihre Weise. Sie hatte soeben das Haus an der Weststraße gekauft und bezog es mit ihrer Magd Katharina, einem Gärtner, der später durch Windenbruch ersetzt ward, und der fünfzehnjährigen Albertine, und es begann das einförmige, abgeschiedene Leben, das fünfzehn Jahre lang mit geringer Abwechslung bis zu dem gewaltsamen Tode der alten Frau fortgesetzt worden war.

Frau Klingenmüller behandelte ihre Nichte durchaus nicht hart, im Gegenteil, sie wünschte das Mädchen glücklich zu machen, aber sie sah dieses Glück in einer Abkehrung von den Vergnügungen der Welt und ganz besonders im Abschneiden jeder Möglichkeit, daß das junge Mädchen die Bekanntschaft von Männern mache, eine Liebschaft anknüpfe und eine Heirat schließe.

Albertine war durch Naturanlage wie durch Schicksal und Erziehung zu einer durch und durch kalten, nüchternen, berechnenden Natur geworden. Sie liebte keinen Menschen, hatte auch für die Tante weder Zuneigung, noch Dankbarkeit, sondern nur passiven Gehorsam.

Hätte sie verstanden, zu bitten mit dem Vertrauen das die Liebe gibt und fordert, Frau Klingenmüller würde sich wahrscheinlich warm angestrahlt gefühlt und das Erbetene gewährt haben. In dem Frosthauch aber, der sie von Albertine anwehte, erstarrte sie immer mehr; so lebten Tante und Nichte nebeneinander, ohne sich innerlich je nahe zu kommen.

Es war, als durchbreche ein Sonnenstrahl die eisige Atmosphäre des Hauses, sobald Sigmar Hartheim erschien. Er war einige Jahre jünger als Albertine, der Sohn der einzigen Schwester der Frau Klingenmüller, deren Gatte, trotzdem dieser jung gestorben, doch lange genug gelebt hatte, um mit ihrem ansehnlichen Vatererbe fertig zu werden.

Sigmar Hartheim war noch von seinem Vater in eine Erziehungsanstalt gebracht worden; die Tante ließ ihn darin, gab ihm später die Mittel, sich dem Baufach zu widmen, und hatte, obgleich sie das nicht eingestehen mochte, ihre Freude an dem schönen, aufgeweckten jungen Manne mit der Liebenswürdigkeit und den gewinnenden Manieren, aber auch mit dem ganzen Leichtsinn und der ganzen unbändigen Lust, das Leben mit vollen Zügen zu genießen, wie sein verstorbener Vater.

Der Neid, welchen Albertine von Jugend auf gegen alles gehegt, was schöner, liebenswürdiger und glücklicher als sie selbst war, verkörperte sich ihr nun in der Person des Vetters, welcher in vollen Zügen aus dem Becher der Freude trank, nach welchem ihre Lippen vergeblich schmachteten. Ihm, der nur gelegentlich vorsprach, der noch keinen Tag seines Lebens der Tante geopfert hatte, ihm gewährte die alte Frau die Mittel, alle Launen zu befriedigen, und sie, die ihre Jugend bei ihr vertrauerte, ging leer aus, ja, noch mehr, sie ward ihrer Ansicht nach durch Sigmar in unerhörter Weise benachteiligt.

Mit dem vorrückenden Alter der Frau Klingenmüller übte die Gewohnheit des langen Zusammenlebens doch ihren Einfluß aus, und Albertine gewann eine Macht über sie, die sie hauptsächlich gegen Sigmar benutzte. Andere Versuche zu deren Betätigung hatten sich dagegen als erfolglos bewiesen.

Frau Klingenmüller, der die Besorgung ihrer Geldangelegenheiten beschwerlich geworden war, hatte den Buchbinder Ladenburg kennen gelernt und ihn schließlich dazu herangezogen. Seit fünf Jahren kam der kleine Buchbinder nun ins Haus, und beinahe seit ebenso lange hatte sich zwischen ihm und Albertine ein Einverständnis herausgebildet. Nicht daß sie in den Buchbinder verliebt gewesen wäre, oder daß sie seinen Liebesbeteuerungen einen besonderen Wert beigemessen hätte, aber sie sah in ihm das Werkzeug, sich durch eine Heirat frei zu machen von dem Joch, das sie schon so lange drückte. Hatte Ladenburg es verstanden, das Vertrauen der Tante zu gewinnen, so erschien es auch nicht unmöglich, daß er ihre Einwilligung zu seiner Verheiratung mit der Nichte erlangte.

Man mußte jedoch sehr vorsichtig zu Werke gehen. Die alte Frau war gerade in diesem Punkte immer hartnäckiger geworden; die leiseste Anspielung auf die Möglichkeit einer Verheiratung Albertines brachte sie außer sich; sie drohte für einen solchen Fall mit gänzlicher Enterbung, und Albertine wollte doch nicht den Reichtum, dessen Erlangung sie ihre besten Jahre geopfert hatte, Sigmar in den Schoß werfen. Ehe das geschehen durfte, wollte sie lieber alles tun und alles dulden; das hatte sie wiederholt auch dem Buchbinder erklärt, wenn dieser sich in seiner überschwenglichen Weise über das lange Harren beklagte.

Jetzt war sie durch den Tod der Tante freie Herrin ihrer Entschlüsse geworden, und nun plötzlich erschien ihr die heimliche Verlobung mit Ladenburg als eine große, unverzeihliche Torheit. Sie war allerdings nicht mehr jung und viel zu phantasielos, um sich einer Täuschung über ihr Aeußeres hinzugeben, aber sie war reich und konnte sich mit ihrem Gelde doch wahrlich noch einen andern Mann kaufen als den kleinen Buchbinder. Und sie zweifelte nicht, daß sie eine solche Partie machen konnte. Es waren ihr sogar schon versteckte Anerbietungen gemacht worden, und sie sann darüber nach, wie sie Ladenburg abschütteln konnte. Das war aber nicht so leicht, der Buchbinder hing wie eine Klette an ihr, spielte sich bei jeder Gelegenheit als ihren Berater und Beschützer auf und nahm öffentlich eine Miene und Haltung an, daß jedermann sie für ein Brautpaar halten mußte, das nur die schickliche Zeit abwartete, um seine Verbindung der Welt zu verkünden.

Aergerlich gestand Albertine sich, daß sie nur ein Joch mit dem andern vertauscht habe, und hätte sie nur ihr Erbteil sogleich in Empfang nehmen und damit verschwinden können, so wäre sie Ladenburg doch vielleicht noch losgeworden.

Der August und September waren verstrichen, die Voruntersuchung gegen Sigmar Hartheim beendet und der Fall sollte in der Anfang Oktober beginnenden Schwurgerichtsperiode zur Verhandlung und Aburteilung kommen.

Sigmar hatte in allen mit ihm angestellten Verhören seine Unschuld beteuert, aber weder sein Alibi in der Mordnacht nachzuweisen, noch die Aussage Ladenburgs zu entkräften vermocht, welcher beschwor, er habe ihn während des Gewitters über den Zaun des Vorgartens seiner Tante steigen sehen. Ebensowenig vermochte er anzugeben, auf welche Weise das Taschentuch, das er als das seine anerkennen mußte, ihm abhanden gekommen sei. Dem Drängen des Untersuchungsrichters, er solle sagen, wo er die geraubten Schmucksachen gelassen hätte, setzte er eine spöttische Gelassenheit entgegen, und ebenso erwiderte er auf die Frage, was er denn mit dein übrigen Gelde angefangen habe, da die Summe, die er aus dem Sekretär genommen, weit größer als die an Herrn von Werden gezahlte gewesen sei, mit hochmütigem Lachen:

»Gibt es denn in der ganzen Stadt weiter kein Geld als das, das meine arme Tante besaß? Muß denn das von mir an Werden gezahlte Geld absolut von ihr herrühren?«

Ward er dann aufgefordert, zu sagen, wo er es herhabe, so blieb er entweder die Antwort schuldig oder machte Angaben, die sich sehr bald als unrichtig erwiesen. Der Untersuchungsrichter ließ denn auch diesen Punkt auf sich beruhen; dagegen setzte der Verteidiger auf diesen Punkt ein und drang in seinen Klienten, ihm zu sagen, wie und durch wen er in den Besitz der an Werden gezahlten sechstausend Mark gelangt sei, aber ohne jeden Erfolg.

*

Der von Paris kommende Schnellzug hatte wenige Stationen vor der großen Stadt, an welcher er seinen Endpunkt erreichte, einen längeren Aufenthalt.

Die Türen der Koupees wurden von den Schaffnern geöffnet, die Reisenden, welche die Nacht schlafend verbracht hatten, fuhren auf, schauerten, berührt von der hereinströmenden kühlen Herbstluft, zusammen und stiegen aus, um die steifgewordenen Glieder durch einen Gang über den Perron wieder geschmeidiger zu machen und sich durch den Genuß einer Tasse Kaffee zu erwärmen und zu beleben.

Zu den wenigen Reisenden, welche es vorgezogen hatten, das Weiterfahren des Zuges im Wagen abzuwarten, gehörte eine junge Dame in einem einfachen, kleidsamen, grauen Reiseanzug, welche die Reise von Paris her ohne Unterbrechung gemacht und nur sehr selten ihren Platz verlassen hatte. Sie sollte bald Gelegenheit finden, sich ob ihrer Stetigkeit zu beglückwünschen. Trotz der noch frühen Stunde hatte sich eine viel größere Anzahl von Personen zum Mitfahren eingefunden, als dies sonst bei durchgehenden Zügen der Fall zu sein pflegt. Im Nu waren alle Plätze besetzt. Wäre sie ausgestiegen, so hätte es vielleicht Mühe gekostet, die bis jetzt im Damenkoupee glücklich behauptete Ecke wiederzuerlangen.

»Es ist unrecht, daß man nicht noch Wagen anhängt,« sagte, nachdem der Zug sich wieder in Bewegung gesetzt hatte, die eine der eingestiegenen Damen zu ihren Gefährtinnen, »auf den folgenden Stationen wird der Andrang ebenso groß sein.«

»Man kommt aus der ganzen Umgegend herbei!« versetzte eine andere.

»O, noch viel weiter her! Es ist ja aber auch ein Fall, wie er, Gott sei Dank, sehr selten vorkommt. Das erregt natürlich eine allgemeine Sensation.«

»Wo soll aber der Platz für die Menschen alle herkommen?«

»Der allergrößte Saal des Kriminalgebäudes ist für die Verhandlung hergerichtet worden.«

»Trotzdem, wer sich nicht beizeiten mit einer Karte versehen hat, kommt nicht hinein.«»Glauben Sie denn, daß er verurteilt werden wird?«

»Daran kann wohl kein Zweifel sein,« nahm eine ältere Dame das Wort, »die Tat ist sonnenklar bewiesen und schreit um Rache.«

»Ich habe gehört, es soll ein hübscher, liebenswürdiger junger Mann sein,« bemerkte ein hübsches, noch ganz junges Mädchen, »und er hat in den besten Kreisen verkehrt, wie leicht hätte es kommen können, daß man ihn einmal zum Tänzer hatte.«

»Das ist ja eben das Empörende! Gerade ein Mensch, der die beste Erziehung genossen hat, der die besten Aussichten hatte, läßt sich durch seinen Leichtsinn und seine Genußsucht zu dem schwersten Verbrechen hinreißen. Die arme ermordete Frau –«

»Ach, sie soll sehr geizig und garstig gewesen sein!« fiel das junge Mädchen wieder ein.

»Nein, das war sie nicht,« erwiderte die ältere Dame, »nur verbittert und menschenscheu, aber gleichviel, mag sie gewesen sein, wie sie will, Frau Klingenmüller war seine Tante, seine Wohltäterin, und darum ist dieser Hartheim ein Scheusal –«

Die Sprecherin hielt plötzlich inne, aller Augen wandten sich nach der Ecke, in welcher die Fremde bis jetzt schweigend und mit geschlossenen Augen gelehnt hatte und jetzt plötzlich mit einem Schrei in die Höhe gefahren war.

Ehe eine der Insassinnen des Kupees sich der Unterbrechung inne werden konnte, war sie auch schon vorüber und die junge Fremde saß wie vorher in sich zusammengeschmiegt, die Reisedecke fest um sich gezogen da. Vielleicht war sie eingeschlafen gewesen und durch einen Stoß des Wagens emporgeschreckt worden. Jedenfalls konnte ihr nichts Erhebliches zugestoßen sein; denn sie saß ganz ruhig, und so gab man sich, nachdem man sie eine Minute angestarrt, wieder der Unterhaltung über die heute stattfindende Schwurgerichtsverhandlung hin, ohne zu ahnen, mit welcher fieberhaften Angst die fremde Reisegefährtin einem jeden Worte lauschte.

Der Strom der Rede ging unaufhaltsam fort, nur unterbrochen von Ausrufen der Verwunderung über die vielen Mitreisenden, welche der Zug an den folgenden Stationen noch aufzunehmen hatte, und lange ehe man in die große Ankunftshalle des Zentralbahnhofes in B. einfuhr, wußte Imhilde Follenius alle den Mord der Frau Klingenmüller betreffenden Einzelheiten. Es war ein erschüt-

ternder Gruß, der ihr entgegentönte aus der Stadt, welche sie, so-
lange sie fern gewesen, mit der Seele gesucht hatte.

Imhilde's Abwesenheit war verhältnismäßig nicht von langer
Dauer gewesen. Ihr selbst hatte der Zeitraum sich zu einer unab-
sehbaren Länge ausgedehnt, da sie völlig abgeschieden von allem
gewohnten Verkehr gelebt hatte.

Anfang August war Imhilde nach England abgereist; jetzt, wo sie
über Paris nach Deutschland zurückkehrte, war der Oktober beinahe bis zu seiner Hälfte vorgeschritten.

Und während dieser ganzen Zeit hatte sie keine Kunde von B. erhalten. Sie hatte dieses völlige Losgelöstsein von allen Banden mit
einem gewissen Behagen empfunden, denn sie war trotz ihrer Jugend eine innerlich ausgereifte, fest in sich selbst beruhende Natur,
und nur von einem nichts zu hören, tat ihr weh: – von Sigmar Hartheim.

Die Bekanntschaft des jungen Mädchens mit dem Architekten da-
tierte Jahre zurück, als Imhilde, kaum der Schule entwachsen, mit
ihrem Vater, einem Professor, dessen einziges Kind sie war, eine
Reise nach Italien und Griechenland gemacht hatte und dort mit
Hartheim zusammengetroffen war, der sich mit seinem Freunde
Werden aus seiner ersten Pilgerfahrt ins gelobte Land der klassischen Künste befunden. Beide jungen Männer hatten sich dem Professor und seiner Tochter angeschlossen und der ernste, sinnige,
schon damals kränkelnde Gelehrte, seine geistvolle, tiefangelegte
sorgfältig unterrichtete Tochter, der übermütige, zu allen tollen
Streichen aufgelegte, etwas hochfahrende, aber liebenswürdige
Hartheim und der feine gemessene Herr von Werden hatten ein
wunderliches, aber anziehendes vierblättriges Kleeblatt gebildet.

Sigmar Hartheim hatte sich schon damals von der sechzehnjähri-
gen Imhilde gleichzeitig gefesselt und abgestoßen gefühlt. Der
schöngeformte Kopf, den reiche dunkle Haarwellen umflossen, das
edle, klassisch geschnittene Profil, die tiefblauen Augen und der
ausdrucksvolle, kirschrote Mund, die weiche, knospende Gestalt
entzückten ihn ebenso wie der süße, melodische Ton ihrer Stimme.
Was ihn aber abschreckte, daß dieser Rosenmund sich geläufig in
vier modernen Sprachen auszudrücken vermochte und daß ihr die
Sprachen der alten Griechen und Römer auch nicht fremd waren,

daß sie unter den Denkmälern der Vorzeit sich weit schneller und gründlicher zurechtzufinden verstand, als er, der Architekt, der hierher gekommen war, um seinen Studien gewissermaßen die letzte Weihe zu geben.

Der Reise waren Jahre engeren Verkehrs gefolgt. Mehr als einmal war der verliebte Sigmar im Begriff gewesen, vor sie hinzustürzen und ihr seine Liebe zu gestehen, und dann hatte ihn ganz plötzlich wieder eine hingeworfene Bemerkung, ein Fremdwort, eine Wendung, welche Imhilde, ohne daß sie es wußte oder wollte, entschlüpfte, angefröstelt; er hatte einen übermütigen Scherz gemacht und war entflohen.

Und dann war ein Tag gekommen, wo Imhilde allein stand. Sie mußte sich eine neue Heimat, eine Lebensaufgabe suchen. Wieder glühte in Sigmar der heiße Wunsch auf, Imhilde diese Heimat zu bieten, oder sie ihr wenigstens in Aussicht zu stellen, denn noch besaß er kein Haus, in das er eine Frau führen konnte, aber es kam auch zu diesem Anerbieten nicht. Imhilde bedurfte keiner Stütze, keines Rates; klug und gelassen, hatte sie bereits ihren Lebensplan entworfen.

Imhilde war nicht mittellos, ihr Vater hatte ihr ein kleines Vermögen hinterlassen und gestützt auf diese finanzielle Grundlage, hatte sie beschlossen, nach der Hauptstadt zu gehen, ihr bedeutendes musikalisches Talent noch weiter auszubilden und Gesanglehrerin zu werden.

Für Sigmar war diese Handlungsweise eine ganze Kette von Beweisen, daß bei Imhilde der Kopf auf Kosten des Herzens ausgebildet war, und er hatte keine Ahnung, was diese Ruhe und Gelassenheit sie kostete.

Imhilde verbarg unter einem ruhigen Aeußeren ein heißes, leidenschaftliches Herz, aber sie hatte gelernt, dessen Wallungen den Geboten der Vernunft und des Stolzes unterzuordnen. Sie liebte Sigmar; er war es, der die ersten Regungen ihres jungen Herzens geweckt hatte, und ihm gehörte jeder Schlag desselben, aber sie sah sein Schwanken, sein Zaudern und Zurückweichen und herb schloß ihr Mund sich; sie wollte geworben werden, nicht werben.

Je länger sie aber in Sigmars Nähe lebte, desto unwiderstehlicher nahm der Zauber seines Wesens sie gefangen und desto schwerer ward es ihr, die Maske der ruhigen Freundschaft festzuhalten, unter der sie ihre wahren Gefühle barg. Die Einladung nach England kam ihr daher sehr gelegen und mit einem geheimen Entzücken erfüllte sie der Unwille, den Hartheim darüber äußerte. Einen Augenblick wurde sie schwankend, das Weh der Trennung kam über sie, aber sie blieb fest. Nicht einer augenblicklichen Gefühlsregung des Geliebten wollte sie ihr Glück verdanken. Bei einer Unterredung, die sie am Tage vor ihrer Abreise mit ihm hatte, verbot sie ihm sogar mit aller Entschiedenheit, an sie zu schreiben, und dennoch – törichtes, widerspruchsvolles Frauenherz – hoffte sie, daß er Gebote ungehorsam werden solle.

Von Woche zu Woche wartete sie auf einen Brief von ihm und da keiner kam, zürnte sie ihm, daß er ihr Wort doch gar zu buchstäblich genommen hatte, sehnte sich nach ihm, war zehnmal auf dem Punkte, an ihn zu schreiben, und konnte es doch ihrem Stolz nicht abringen, ihm so schwach und inkonsequent zu erscheinen. Und mit der Sehnsucht wuchs die Liebe, oder besser, sie ward sich fern von Deutschland, in völlig fremder, nicht sehr sympathischer Umgebung erst voll bewußt, wie die Liebe ihr ganzes Sein erfüllte und wie die Rückkehr in die Heimat eigentlich nur das Wiedersehen mit Sigmar bedeute.

Je mehr Imhilde sich dem Ziele ihrer Reise näherte, desto mehr beschäftigten sich ihre Gedanken ausschließlich mit Sigmar Hartheim; sie überlegte, wie sie ihm die Nachricht von ihrer Ankunft am schnellsten zukommen lassen könne, malte sich das erste Wiederbegegnen mit ihm und hatte sich so völlig in ihre Gedanken eingesponnen, daß sie ruhig in ihrer Ecke sitzen blieb, als beinahe alle Reisenden zum Morgenimbiß ausstiegen. Auch das Geschwätz der neuhinzugekommenen Reisegefährtinnen störte sie wenig in ihrem Sinnen; gleich dem Rauschen eines Wasserfalles, den man hört, ohne sich dadurch in seinem Gedankengang unterbrechen zu lassen, schlug es an ihr Ohr. Was kümmerte sie die Gerichtsverhandlung, zu welcher die sensationsbedürftigen Damen nach der Hauptstadt fuhren? Aber da plötzlich ward der Wortschwall doch vernehmlich für sie; bekannte Namen – Frau Klingenmüller – seine

Tante – Hartheim – tönten daraus hervor, und mit einem Schreckensschrei fuhr sie auf.

Aller Augen richteten sich auf sie; das war hinreichend für sie, sie wieder zur Besinnung zu bringen; diese fremden neugierigen Menschen durften nicht erfahren, welch einen Anteil sie an demjenigen nahm, den jene soeben ein Scheusal genannt hatten. Nicht durch einen Laut, nicht durch eine Bewegung durfte sie verraten, was sie empfand, und mit einer wahrhaft übermenschlichen Anstrengung zwang sie sich zur Ruhe, während ihr Ohr auf das, was jene sprachen, lauschte und das Herz ihr klopfte, als wolle es zerspringen.

Frau Klingenmüller war in jener Gewitternacht, welche ihrer Abreise nach England voranging, überfallen und ermordet worden, und man beschuldigte Sigmar Hartheim, das Verbrechen begangen zu haben.

Nicht einen Augenblick kamen ihr Zweifel an der Unschuld des Geliebten. Er war das Opfer eines unseligen Mißverständnisses oder eines schändlichen Komplotts. Das stand für sie felsenfest.

Wie sie die Minuten zählte, bis sie das Ziel ihrer Reise erreicht hatte; welch eine Schneckenpost ihr der Kurierzug zu sein schien, wie unerträglich ihr das Geschwätz ihrer Reisegefährtinnen ward! Sie suchte demselben auszuweichen, indem sie sich in ihre Gedanken einspann und der Nacht gedachte, wo unter dem Zucken der Blitze und dem Krachen des Donners der Mord an der alten Frau verübt worden war.

Plötzlich war es ihr, als fahre wieder ein greller, blendender Blitz vor ihr nieder; sie bedeckte mit der Hand die Augen, als wolle sie ein Bild festhalten, das aus ihrem Gedächtnis entschwunden war und nun wieder mit wunderbarer Klarheit und Schärfe vor ihr auftauchte.

Die Unruhe ließ sie kaum mehr auf ihrem Sitze ausharren, und doch hieß es, geduldig zu warten, bis der rechte Augenblick gekommen sein würde.

Endlich fuhr der Wagen in den Zentralbahnhof ein und Imhilde nahm vorläufig Wohnung in einem demselben belegenen Hotel.

Sie durfte sich nur eine kurze Rast gönnen, denn währte es auch noch etliche Stunden, ehe die Schwurgerichtssitzung ihren Anfang nahm, so mußte sie doch zeitig am Platze sein, um Eingang in den Gerichtssaal zu finden.

Ein goldener Schlüssel schließt viele Türen. Imhilde erstand eine Einlaßkarte, erhielt Einlaß und fand noch einen Sitz auf einer der letzten Reihen des Saales wo sie sich in ihrem unscheinbaren grauen Reisekleide unter der Menge verlor.

Plötzlich verstummte die Unterhaltung der Menge und machte einem Flüstern und Zischeln Platz. Die Mitglieder des Gerichtshofes waren eingetreten, die Geschworenen ausgelost und vereidigte alle Formalitäten, die einer Schwurgerichtsverhandlung vorauszugehen pflegen, vollzogen sich. Endlich befahl der Präsident, den Angeklagten hereinzuführen, und nun trat tiefe Stille ein.

Die Augen aller Anwesenden richteten sich voller Neugier auf den jungen Mann, den viele persönlich kannten und der nun unter der Anschuldigung eines so schweren Verbrechens auf der Anklagebank erschien.

Hocherhobenen Hauptes schritt er einher; eine Sekunde lang ließ er seine Augen über die Versammlung schweifen, ohne auf irgend einer Persönlichkeit haften zu bleiben.

Der Staatsanwalt las zunächst die Anklage vor. Sie war mit außerordentlichem Geschick großer Geistesschärfe entworfen und suchte darzulegen, daß Sigmar Hartheim schon längere Zeit mit dem Gedanken umgegangen sei, seine Tante, Frau Klingenmüller zu töten, um in den Besitz eines Teils ihres Vermögens zu gelangen. Es sei bewiesen, daß die Verstorbene sich immer schwieriger gezeigt habe, den stets erneuerten Anforderungen ihres Neffen um oft recht bedeutende Geldsummen Genüge zu leisten; er habe ihn drängende Gläubiger mehrfach mit dem Hinweis getröstet, daß er der Erbe der reichen Frau Klingenmüller sei, die nur noch kurze Zeit leben könne; endlich habe er an dem Nachmittage vor dem Morde, als ihm die Tante die verlangte Summe von sechstausend Mark rundweg abgeschlagen, sich entfernt mit einem Blick auf den Sekretär und den gemurmelten Worten: Dein Erlöser lebt noch!

Als der Staatsanwalt schwieg, nahm der Verteidiger, Rechtsanwalt Sieveking das Wort. Er beschränkte sich vorläufig darauf, der Anklage in allen Punkten zu widersprechen und für die völlige Unschuld Hartheim's in die Schranken zu treten. Aber der sonst so gewandte Jurist stand diesmal nicht auf der Höhe seiner Leistungen. Man wollte ihm eine Unsicherheit anmerken, die darauf hindeutete, daß er von dem Recht der Sache, die er verteidigte, selber nicht so ganz und gar durchdrungen war.

Die noch einmal erfolgende Vernehmung Sigmar's bestätigte auch nur die Angaben der Anklage. Auf die Frage des Vorsitzenden, wie denn sein Taschentuch in den Mund des Opfers gekommen sein könne, antwortete er, das sei ihm selber ein Rätsel, er müsse es verloren und der Mörder es benutzt haben, um den Verdacht auf ihn zu lenken.

»So haben Sie eine bestimmte Persönlichkeit im Auge, die Sie der Tat zeihen?« ward er gefragt.

»Nein,« rief Hartheim lebhaft, »ich klage niemand an. Hätte ich Verdachtsgründe, die stark genug wären, daß ich ein Aussprechen vor meinem Gewissen verantworten könnte, ich hätte es längst getan.«

»Sie weigern sich aber anzugeben, woher Sie die sechstausend Mark hatten, die Sie dem Gesandtschaftsattachee von Werden zahlten, obgleich Sie behaupteten, das Geld rühre nicht von dem Raube an Ihrer Tante her. Woher haben Sie es denn? Ein offenes Geständnis könnte Ihnen nur gut anstehen!«

»Es nützt mir ja doch nichts, wenn ich es sage,« versetzte Hartheim mit einem verächtlichen Kräuseln der Oberlippe. »Ich soll ja meine Tante ermordet haben, nicht um sie zu bestehlen, sondern um sie zu beerben. Was kann es also nützen, was ich dagegen sage? Sie glauben mir ja doch nicht! Sagte ich Ihnen, woher ich das Geld genommen habe, Sie würden es mir ebenfalls nicht glauben! Also verweigerte ich einfach die Antwort auf diese Frage!«

Der Vorsitzende hieß den Angeklagten wieder Platz nehmen und schritt zur Vernehmung der Zeugen.

Einige Vorgesetzte und Kollegen des Angeklagten gaben demselben das Zeugnis, daß er in seinem Fach geschickt und im Umgang höchst liebenswürdig sei, konnten aber nicht verhehlen, daß er kein stetiger Arbeiter gewesen sei, sehr viel Zeit dem Vergnügen gewidmet und sich häufig in Geldverlegenheit befunden hätte.

Der Wirt und einige Gäste eines bekannten Restaurants sagten aus, daß Hartheim dort jeden Abend verkehrt und man sich über sein Ausbleiben an dem betreffenden Abend gewundert habe; die Frau, von der er sein Zimmer gemietet, wußte aber nicht, ob er an jenem Abend früh oder spät nach Hause gekommen, nahm aber das letztere an, da es die Regel gewesen sei.

Nach der Vernehmung des Schlossers und des Schutzmanns, die durch die alte Katharina herbeigerufen worden waren und der Auffindung der Leiche beigewohnt hatten, sowie der Aerzte, welche die Todesursache festgestellt, blieb nur noch das Verhör der beiden Hauptzeugen Ladenburg und Albertine Wenzel übrig und zunächst war der erstere vorgerufen.

Der kleine Buchbinder war in seinen Aussagen so klar und bestimmt, daß weder der Vorsitzende, noch der Verteidiger Gelegenheit zu einer Querfrage erhielten. Erst als er zu der Schilderung kam, wie er Sigmar beim Scheine eines Blitzes über den Gartenzaun hatte klettern sehen, unterbrach Sieveking ihn mit der Frage:

»Sie haben diesen so wichtigen Umstand im ersten Verhör mit keiner Silbe erwähnt; erst später sind sie damit zum Vorschein gekommen. Wie geht das zu?«

Ladenburg lächelte schmerzlich, streifte den Angeklagten mit einem Blick, als wollte er ihn noch jetzt um Verzeihung wegen seiner Aussage bitten, und erwiderte:

»Ich konnte ja nicht denken, daß der Neffe der Frau Klingenmüller der Mörder sei, und mochte ihn durch meine Aussage nicht in Ungelegenheiten bringen. Erst als sich andere sehr gewichtige Verdachtsgründe gegen Herrn Hartheim ergaben, hielt ich mich in meinem Gewissen für verpflichtet, von jener Wahrnehmung Anzeige zu machen.«

Hartheim vermochte hier nicht länger an sich zu halten. Er sprang auf und rief:

»Ich erkläre diese Aussage für eine Lüge; ich bin am ersten August nachmittags um fünf Uhr zum letztenmal in der Weststraße gewesen.«

Der Präsident gebot ihm, sich ruhig zu verhalten, und es war augenscheinlich, daß sein Verhalten im Vergleich zu dem ruhigen, sanften Wesen des Zeugen keinen vorteilhaften Eindruck hervorbrachte. Der Verteidiger ließ den letzteren aber noch nicht los, sondern stellte die weitere Frage: »Wie sind Sie denn um diese Stunde und bei dem Unwetter nach der Weststraße gekommen?«

Ohne sich nur einen Augenblick zu besinnen, erklärte der Buchbinder, er gehöre einem Verein an, der jeden Ersten im Monat draußen in der »Neuen Welt« eine Versammlung habe, und dabei werde es immer ein wenig spät.

»Der gerade Weg von der »Neuen Welt« nach Ihrer Wohnung führt aber nicht durch die Weststraße,« bemerkte der Präsident.

Jetzt wurde Ladenburg verlegen, zog den Kopf tief in die Schulter und sprach mit leiserer Stimme als zuvor:

»O, es ist hart, von seinen heiligsten Gefühlen den Schleier hinweg ziehen zu müssen; jedoch das Gesetz befiehlt, ich füge mich in Demut. Der Zug des Herzens ist des Schicksals Stimme; ich konnte nicht anders, ich mußte den Umweg machen, um das Haus zu sehen.«

»Trotz des Unwetters?«

»Trotzdem!«

»Ich beantrage die Vernehmung des Wirtes und einiger Gäste der »Neuen Welt«, ob Herr Ladenburg am Abend des ersten August dort gewesen und sich erst spät entfernt hat,« sagte der Verteidiger.

Der Gerichtshof beriet, ob diesem Antrag Folge zu geben sei, und während der dadurch entstandenen kurzen Pause näherte sich ein Gerichtsdiener dem Präsidenten, flüsterte ihm etwas zu und überreichte ihm einen Zettel.

»Ehe wir in der Verhandlung weiter fortfahren, habe ich die Mitteilung zu machen, daß sich soeben noch ein Zeuge gemeldet hat, der den Mörder in der Nacht vom ersten auf den zweiten August aus dem Klingenmüllerschen Hause kommen gesehen haben will,«

sagte der Präsident. »Ich frage den Gerichtshof und den Herrn Verteidiger, ob derselbe vernommen werden soll?«

Die Vernehmung des Zeugen ward zugelassen, jedoch vorläufig von einer Vereidigung desselben abgesehen, und von einem Gerichtsdiener geleitet, brach sich Imhilde Follenius Bahn durch die neugierig die Hälse reckende Menschenmenge bis zu den Gerichtsschranken.

Sie schlug den Schleier zurück; eine Bewegung zeigte sich auf der Bank der Zeugen, bei den Geschworenen und selbst beim Gerichtshof beim Anblick dieser anmutigen Gestalt und dieses schönen, geistvollen Gesichts. Am lebhaftesten aber ward der Angeklagte davon ergriffen. Mit dem Ruf: »Imhilde!« sprang er auf und würde zu ihr hingestürzt sein, wäre er nicht von dem neben ihm sitzenden Gerichtsdiener daran verhindert worden.

Es währte einige Minuten, ehe die durch den Zwischenfall verursachte Aufregung sich gelegt hatte; dann wandte der Präsident sich an Imhilde und stellte ihr zunächst die Generalfragen, die sie anfänglich mit leiser, dann aber mit festerer Stimme beantwortete. Als sie auf die Frage, ob sie mit dem Angeklagten verwandt oder verschwägert sei, erwiderte, sie sei ihm seit Jahren bekannt und befreundet, flog es wie ein Wispern und Rauschen durch den Saal.

Imhilde erwartete die weitere Frage des Präsidenten.

»Sie wollen in der Nacht vom ersten zum zweiten August einen Mann aus dem Klingenmüllerschen Hause kommen gesehen haben?«

»Ja!« war die bestimmte Antwort.

»Ihre Wahrnehmung stimmt also mit der des vorigen Zeugen überein?«

»Sie stimmt insofern überein, daß auch ich beim Scheine eines Blitzes einen Mann aus dem Fenster der Frau Klingenmüller kommen sah.«

»Und Sie erkannten ebenfalls den Angeklagten?«

»Nein!« rief Imhilde, und jetzt versagte die Stimme ihr doch beinahe den Dienst, so groß war die Erregung. »Der Mann, den ich gesehen habe, war nicht Sigmar Hartheim und ich sah ihn auch nicht, wie er über den Zaun des Vorgartens kletterte, sondern wie er von der an der Veranda lehnenden Leiter herunterstieg.«

»Wie kommt es, daß Sie diese Aussage erst jetzt machen?« fragte der Präsident.

»Weil ich nicht eher etwas von dem Mord erfahren habe,« erwiderte Imhilde und erzählte, sie habe dem Hause der Frau Klingenmüller gegenüber gewohnt. Am Morgen des zweiten August sei sie ganz früh zu einem mehrmonatlichen Aufenthalt nach England abgereist, während desselben außer aller Verbindung mit der Heimat geblieben und erst heute mit dem direkt aus Paris kommenden Frühzuge heimgekehrt.

»Meine Seele empörte sich bei dem Gedanken, daß man Herrn Hartheim einer so abscheulichen Tat zeihen konnte,« fügte sie unerschrocken hinzu, »ich wollte hören, auf welche Verdachtsgründe hin dies geschehen sei, kam deshalb hierher und hoffe, Gott hat mich zum Werkzeug für seine Rettung ausersehen.«

»Lassen Sie hören, in welcher Weise,« bemerkte der Präsident.

»Sobald ich mich von dem ersten Schrecken über die erschütternde Nachricht erholt hatte, dämmerte in meiner Erinnerung ein Vorfall auf, den ich in jener Nacht beobachtete, der mir jedoch durch die vielen neuen Eindrücke in der fremden Umgebung gänzlich aus dem Gedächtnis verwischt war; doch erst jetzt, während der Verhandlung, ist er mir mit vollster Klarheit wieder vor die Seele getreten; er wird für die Unschuld des Angeklagten zeugen.«

»Weiter!« gebot der Präsident.

»Die Befürchtung, ich könnte am nächsten Morgen nicht rechtzeitig für die Abreise erwachen, vielleicht auch die im Zimmer herrschende Schwüle ließen mich nicht schlafen, und als das Gewitter losbrach, duldete es mich nicht mehr im Bette. Ich stand auf und trat ans Fenster. Es war pechfinster, der Wind heulte durch die die Straße begrenzenden alten Bäume, als wollte er sie niederbrechen; jeder herabfahrende Blitz zeigte auch bereits angerichtete Verwüstungen. Da plötzlich kam ein besonders greller, langandauernder Blitz, der die ganze Gegend tageshell erleuchtete, und nun ward mir ein seltsamer Anblick. An der vor dem Fenster der Frau Klingenmüller befindlichen Veranda lehnte eine Leiter und diese stieg ein Mann herunter. In demselben Augenblick löste sich von dem auf der Veranda angebrachten Blumenbrett ein großer Topf, er stürzte dem Manne nach und muß ihn nach meinem Dafürhalten auf den Kopf getroffen haben.«

»Mit Bestimmtheit wissen Sie das nicht?« fragte der Präsident.

»Nein, die Helle erlosch, Mann und Leiter und Blumentopf waren wie von der Finsternis verschlungen; der nächste Blitz, den ich mit Spannung erwartete, zeigte von allem nichts mehr.«

»Erschien Ihnen der ganze Vorgang nicht in hohem Grade verdächtig?«

»Nein, nur absonderlich,« entgegnete Imhilde unbefangen, und da man in der Nachbarschaft von Frau Klingenmüller so viel Absonderlichkeiten erzählte, so hatte ich weiter kein Arg dabei. Ich glaubte, der Gärtner sei trotz Sturm und Gewitter hinaufgestiegen, um Pflanzen, auf die seine Herrin besonders viel hielt, in Sicherheit zu bringen.«

»Nun, Sie haben den Gärtner hier bei der Vernehmung gesehen?«

»Er war es nicht.«

»Und Sie behaupten, auch der Angeklagte sei es nicht gewesen?«

»Nein!« versetzte Imhilde; ihre Stimme klang feierlich, als leiste sie einen Eid.

»Getrauen Sie sich denn überhaupt den Mann, den Sie gesehen haben wollen, wiederzuerkennen? Sie sagten, der Vorfall sei Ihrem Gedächtnis gänzlich entschwunden gewesen!« bemerkte der Präsident mit ungläubigem Lächeln.

»Das war er, jetzt aber steht er in vollster Lebendigkeit vor mir; unter Tausenden wollte ich den Mann erkennen. – – Da – da ist er! Halten Sie ihn fest! Lassen Sie ihn nicht fort! Er will den Saal verlassen!« schrie sie plötzlich mit gellender Stimme.

Imhilde hatte, während sie ihre Aussagen machte, so gestanden, daß ihr Gesicht der Bank der Geschworenen zugewandt war und sie von der einen Seite auf den Gerichtshof, von der andern in den Zuhörerraum zu blicken vermochte. Da waren ihre Augen auf einen Mann gefallen oder vielleicht durch dessen unverwandtes Anstarren angezogen worden, der eben im Begriff stand, sich einen Weg nach dem Ausgang zu bahnen, offenbar in der Absicht, der Gerichtssaal zu verlassen.

»Halten Sie ihn fest!« wiederholte sie. »Der ist es, ich kenne ihn ganz genau wieder! Er trägt auch ein Pflaster auf dem Kopfe, es bedeckt noch jetzt die ihm durch den fallenden Blumentopf beigebrachte Verletzung!«

Es entstand ein furchtbarer Lärm, zwanzig Hände streckten sich gleichzeitig nach dem Bezeichneten aus; man vertrat ihm den Weg und ehe der Präsident noch den Befehl zur Vorführung gegeben, stand er bereits vor den Schranken.

Unter denen, die ihn festgehalten hatten, befand sich auch Ladenburg, der bei Imhildes erstem Ausruf von der Zeugenbank aufgesprungen und dem Verdächtigen in den Rücken gefallen war. Er hielt ihn jetzt am Arme fest und stieß den Sträubenden vorwärts.

Der Mann gehörte seiner Kleidung nach dem Arbeiterstande an. Das Pflaster auf dem kahlgeschorenen, mit Sprossen grauen Haares bedeckten Kopfe diente auch nicht gerade zur Verschönerung seines Aussehens.

Ehe der Präsident ihn anreden oder den Gerichtshof betreffs Behandlung dieses Zwischenfalles befragen konnte, hatte der Mann schon ein hartes, spöttisches Lachen angeschlagen und rief, bald auf den Angeklagten, bald auf Imhilde blickend, mit lauter, durch den Saal hallender Stimme:

»Das ist, beim Satan, kein übles Stück! Der vornehme Herr sieht sich nach einem Stellvertreter um, sein Kopf dünkt ihm zu kostbar für den Richtblock, dazu ist ein Proletarier gut genug! Und seine Herzensallerliebste hat mich dazu ausgesucht! Wollen Sie mich vielleicht gar dafür bezahlen, mein schönes Fräulein, daß ich mich für Ihren Geliebten köpfen lasse? Die vornehmen Leute kaufen ja alles für ihr Geld!«

Der Mann nannte sich Peter Bartel, war Steinsetzer, arbeitete bei einem bekannten Meister am äußersten Ende der Weststraße und wohnte auch nicht weit davon in einem der sich der Stadt dicht anschließenden Vororte. Er gab an, am Abend des ersten August zur gewöhnlichen Zeit in Begleitung einiger Kameraden heimgegangen zu sein. In der Nacht während des Gewitters wollte er vor sein Haus getreten und von einem vom Dache herabgefallenen Ziegel auf den Kopf getroffen worden sein. Seine Frau, die auf sein Geschrei herausgekommen, hätte einen Nachbar herbeigerufen, der dann den Bader herbeigeholt, der ihn verbunden hätte.

»Lassen Sie alle diese Leute kommen, sie werden es bezeugen,« fügte Peter hinzu, »mich aber lassen Sie einsperren, daß ich Ihnen nicht entwische.«

Da die von Peter Bartel genannten Zeugen erst vorgefordert werden mußten, so schloß der Präsident für diesen Tag die Sitzung und verfügte die vorläufige Sistierung des Verdächtigten.

Der Andrang zu der Gerichtsverhandlung war am zweiten Tage wenn möglich noch größer als am ersten. Imhilde's plötzliches Auftreten hatte in den ohnehin schon so sensationellen Prozeß noch ein neues Rätsel hinzugebracht, auf dessen Lösung alle Welt im höchsten Grade gespannt war. In der ganzen Stadt beschäftigte man sich mit der Person der jungen Dame und mit der Frage, in welchem Verhältnis sie zu Sigmar Hartheim stehen mochte.

Die Verhandlung begann mit der Vernehmung der auf Antrag der Verteidigung vorgeladenen Zeugen, dem Wirt aus der »Neuen Welt« und einigen Teilnehmern an der dort stattgehabten Vereinigung. Sie bestätigten übereinstimmend Ladenburg's Angabe, daß er am ersten August in jenem Lokal gewesen und daß sie kurz vor Ausbruch des Gewitters mit ihm zusammen fortgegangen seien.

Sodann erschien Peter Bartel vor den Schranken und wiederholte in einer ruhigeren, bescheideneren Weise seine gestrigen Aussagen. Hartheim's Verteidiger beruhigte sich aber nicht dabei, sondern fragte ihn, wie es komme, daß er, ein Arbeiter, ein solches Interesse an dem Prozeß nehme, daß er einen Werktag versäumt habe, um ihm beizuwohnen. Bartel deutete mit einer sehr ausdrucksvollen Gebärde auf seinen Kopf und antwortete: »Es will mit der Arbeit noch nicht recht fort, lieber Herr, da sucht man sich die Zeit zu vertreiben, wie es eben gehen will.«

Jetzt wurde die Frau gerufen. Sie war klein, schmächtig, sehr sauber gekleidet und schien eine entsetzliche Angst vor dem Gerichtshof zu haben. Es kostete den Präsidenten unsägliche Mühe, sie zum

Sprechen zu bringen, und sie schien sich erst etwas zu beruhigen, als sie belehrt ward, sie sei zu keiner Aussage gegen ihren Mann gezwungen und werde deshalb auch nicht vereidigt. Sie erzählte nun in etwas fließenderer Art, ihr Mann sei am ersten August, wie jeden Abend, um halb neun Uhr nach Hause gekommen und nicht wieder fortgegangen, sie hätten sich auch zur gewohnten Zeit schlafen gelegt, wären aber durch das Unwetter wieder aufgeschreckt worden. Es sei beinahe vorüber gewesen, da wäre ihr Mann, der es in der heißen Stube nicht mehr hätte aushalten können, vor die Tür getreten, um frische Luft zu schöpfen. In dem Augenblick müsse noch ein heftiger Windstoß gekommen sein, der einen bereits locker gewesenen Ziegelstein vollends vom Dach geworfen habe. Sie hätte ein Poltern und ein Schrei gehört, sei hinausgestürzt und hätte ihren Mann blutend und bewußtlos am Boden liegend gefunden; der schwere Ziegel sei ihm auf den Kopf gefallen und sie habe geglaubt, es wäre zu Ende mit ihm. In ihrer Angst hätte sie bei Nachbar Grosse angeklopft und gebeten, er möge doch herauskommen und ihr helfen, den Verletzten ins Haus zu schaffen.

Der als Zeuge vorgeladene Nachbar bestätigte die Aussage der Frau und fügte noch hinzu, der arme Bartel sei ganz durchnäßt gewesen, denn es hätte noch eine Weile gedauert, bis er sich angezogen und hinausgekommen sei und inzwischen habe es wieder geregnet; den schweren Dachziegel hätte er am Boden zerbrochen liegen gesehen. Nachdem er Bartel ins Haus geschafft, habe er den Bader herbeigeholt. Letzterer sagte aus, Bartel sei, als er gekommen, bereits wieder bei Bewußtsein gewesen; er habe die Wunde dann zugenäht, verbunden und den Mann noch in Behandlung.

Beide Männer, unbescholtene, einwandfreie Zeugen, beschworen ihre Aussagen. Peter Bartel's Alibi war damit bewiesen. Seine Mitarbeiter bezeugten, am Abend mit ihm nach Hause gegangen zu sein; sein Arbeitgeber erklärte, nichts Nachteiliges von ihm zu wissen. Es ergab sich keinerlei Anhaltspunkt, auf den hin eine Anklage zu begründen gewesen wäre; so ward Bartel entlassen.

Trotzdem Imhilde's Aussage, wenigstens soweit es diesen Mann betraf, also in ein Nichts zusammengefallen war, hielt sie dennoch ihre Behauptungen in allen Punkten mit der größten Hartnäckigkeit aufrecht und beharrte aufs bestimmteste bei ihrer abgegebenen Erklärung.

Richter, Geschworene und Publikum fragten sich ob sie überhaupt einen Mann von der Veranda herabsteigen gesehen habe, und wenn dies der Fall, ob es dann nicht doch Sigmar Hartheim gewesen sei. Die Leichtfertigkeit, mit welcher sie einen unschuldigen Menschen, nur weil er ein Pflaster auf dem Kopfe gehabt, als Mörder bezichtigte, hatte allseitig einen sehr ungünstigen Eindruck gemacht.

»Sie glauben mir nicht!« rief Imhilde mit bebender, beinahe schluchzender Stimme. »Mag ich mich denn getäuscht haben, mag Peter Bartel nicht derjenige sein, den ich von der Veranda herabsteigen sah, so war es ein anderer. Herr Hartheim ist der Mörder nicht! Das Geld, das er seiner Tante entwendet haben soll, ich weiß, woher er es hatte!«

Der Angeklagte machte eine Bewegung, als wolle er aufspringen und Imhilde am Weiterreden verhindern; durch die Versammlung ging eine Bewegung und der Präsident fragte:

»Sie wissen das?«

»Ich glaube es zu wissen.«

»Von wem war also das Geld?«

»Von mir!«

Sigmar sank mit einem Aufschrei zusammen und bedeckte das Gesicht mit den Händen.

Im Gerichtshof war es wieder totenstill geworden; man lauschte gespannt auf Imhilde's weitere Aussage, die auf die Aufforderung des Präsidenten, sich näher zu erklären, erzählte:

»Ich habe von meinem kleinen Vermögen eine Summe von siebentausend Mark schon seit längerer Zeit flüssig gehabt, ohne das Geld wieder anzulegen. Am Tage ehe ich nach England reiste, gab ich es Herrn Hartheim, um Papiere dafür zu kaufen. Aus der Verhandlung ist mir klar geworden, daß er eine Summe von sechstausend Mark dringend bedurfte, und ich vermute, daß er in seiner Verlegenheit –«

Wie um ihn zur Bestätigung ihrer Angabe aufzufordern, blickte sie nach dem Angeklagten hinüber.

Dieser sah verstört aus, als hätte man ihn jetzt erst auf Tod und Leben angeklagt, seine breite Brust arbeitete mächtig und dennoch versagte ihm fast die Stimme, als er endlich keuchend hervorbrachte:

»Es ist so, wie Fräulein Follenius vermutet hat! Es war ihr Geld, mit dem ich meine Schuld an Herrn von Werden bezahlt habe!«

»Warum sagten Sie das nicht früher?« fragte der Präsident streng.

»Weil ich mich nicht der einzigen Verfehlung anklagen mochte, die ich mir bei diesem unglückseligen Handel vorzuwerfen und deren ich mich zu schämen habe!« antwortete er.

»In welchem Verhältnis stehen Sie zu Fräulein Follenius?« fuhr der Präsident fort.

Sigmar schaute zu Imhilde hinüber. Er sah ihren leuchtenden Blick, ihre glühenden Wangen und wußte, dieses Mädchen würde ihn nicht Lügen strafen, wenn er sie angesichts von Richter, Geschworenen und Staatsanwalt seine Braut nenne. Es drängte ihn mächtig, dem in ihm hochaufwallenden Gefühl durch dieses Bekenntnis Worte zu verleihen; aber er bezwang sich. Er war ein des schwersten Verbrechens Angeklagter, vielleicht schon nach wenigen Stunden dem Tode durch Henkershand geweiht, er durfte den Schatten seines Lebens nicht in das ihrige fallen lassen.

»Ich war ein Freund ihres verstorbenen Vaters,« sagte er gelassen.

Imhilde, die mit klopfendem Herzen und hochgeröteten Wangen auf seine Erklärung gelauscht halte, ward totenbleich. Sie hatte sich freudig zu ihm bekannt, er aber verschmähte es, und sie durfte sich ihm nicht aufdrängen.

Als der Blick des Präsidenten fragend auf sie fiel, antwortete sie leise:

»Es ist, wie Herr Hartheim gesagt hat!«

Der Präsident ließ die Angelegenheit auf sich beruhen und befahl, Fräulein Albertine Wenzel vorzuführen.

Dieselbe erschien in tiefer Trauer, ihr Gesicht war totenbleich und hatte eine eigentümliche Starrheit. Es konnte niemand entgehen, daß es sie einen harten Kampf kostete, ihren Verwandten zu beschuldigen, und es schien in der Tat ein Verhängnis, daß gerade sie dazu ausersehen war, ihn völlig zu vernichten.

Mehrmals fuhr er auf und beschuldigte sie der Lüge. Die Ruhe und der stille Seufzer, womit sie das über sich ergehen ließ, sprachen sehr zu ihren Gunsten, während das Benehmen des Angeklagten in demselben Maße gegen ihn einnahm.

Nach ihrer Vernehmung nahm der Staatsanwalt das Wort. Seine Rede war ein Meisterstück. Er schien den geheimsten Vorgängen in der Seele des Angeklagten nahe gegangen zu sein und legte sie dem atemlos lauschenden Auditorium dar. Hartheim's beständige Geldverlegenheit hatten in seiner Brust zuerst die Hoffnung auf den baldigen Tod der Tante, dann den Wunsch geweckt und endlich den Gedanken geboren, der Natur durch eine rasche Tat vorzugreifen. Oft zurückgewiesen, war er immer wiedergekommen, und dann hatte ein Zusammenwirken von Umständen die Versuchung so stark werden lassen, daß der Angeklagte ihr erlegen war. Er befand sich in der peinlichsten Geldverlegenheit, die Tante zeigte ihm eine ganz ungewohnte Strenge und drohte ihm sogar, daß ihre Kasse fortan für ihn geschlossen sein würde. So gewann der Böse Macht über ihn. Unter dem Schutze der Nacht, begünstigt von dem Gewitter und mit der Oertlichkeit vertraut, stieg er in das Fenster seiner zweiten Mutter, seiner Wohltäterin, ein, würgte sie, stopfte ihr, um sie am Schreien zu verhindern, ein Tuch in den Mund, nahm das vorhandene Geld und die Kostbarkeiten an sich und machte sich mit seinem Raube davon. Aber dieses Tuch, ein Geschenk der Ermordeten, ward sein Ankläger, und das Gewitter, unter dessen Schutz er sich wähnte, enthüllte seine Missetat. Ein Blitz zeigte sein Gesicht und seine Gestalt einem Vorübergehenden, der ihn erkannte. Nicht die Sonne, sondern der Blitz hat hier den Frevel an den Tag gebracht.

Der Eindruck dieser Rede war ein gewaltiger, und alle Geschicklichkeit, alle Kraft, welche Sieveking aufwandte, vermochte nicht, denselben abzuschwächen. Als er seinen Sitz wieder einnahm, tat er es mit dem niederdrückenden Bewußtsein, für eine verlorene Sache gekämpft zu haben.

Der Präsident gab das Resumee und stellte den Geschworenen die Schuldfrage, worauf sich diese zur Beratung zurückzogen.

Eine halbe Stunde währte diese peinliche Spannung, dann ertönte die Glocke aus dem Zimmer der Geschworenen, die Sitzung war wieder eröffnet, unter einem entsetzlichen Schweigen betrat die Jury den Saal. Der Präsident forderte den Obmann auf, das Ergebnis der Beratung kundzugeben, aber es währte noch ein paar Minuten, ehe derselbe zu sprechen vermochte. Die Erregung erstickte ihm die Stimme. – Endlich verkündete er:

»Auf meine Ehre und mein Gewissen, vor Gott und den Menschen, der Wahrspruch der Geschworenen ist: Ja, der Angeklagte ist schuldig!«

Er setzte sich nieder, ohne etwas hinzuzufügen; man hatte sich nicht für mildernde Umstände ausgesprochen.

Der Angeklagte ward in den Saal zurückgeführt und mit dem Wahrspruch der Geschworenen bekannt gemacht, worauf der Präsident an ihn die Frage richtete: ob er noch etwas zu sagen habe.

Sigmar erhob sich, wandte den Geschworenen sein totenbleiches Gesicht zu und sagte mit zuckenden Lippen:

»Meine Herren, ich bedaure Sie. Ich bin unschuldig an dem Tode meiner Tante.«

Die Beratung des Gerichtshofes währte nur fünf Minuten. Mit fester Stimme verkündete der Präsident das Urteil; er sprach die Todesstrafe gegen Sigmar Hartheim aus.

Ein einziger schwacher Schrei ward hörbar; er kam von Albertine und übte auf den Verurteilten eine Wirkung wie der Anblick des roten Tuches auf den Stier. Er fuhr auf und schrie mit furchtbares Stimme:

»Das ist keine Gerechtigkeit, sondern Mord! Dort sitzt meine Mörderin!« Er deutete auf Albertine. »Ihr alle seid ihre –«

Er kam nicht weiter, die Gerichtsdiener umringten ihn und führten ihn hinaus. Er sah weder, daß Ladenburg. der nicht weit von

Albertine auf der Zeugenbank gesessen hatte, dieser den Arm reichte und bemüht war, sie schleunigst aus dem Saal zu bringen, noch daß Imhilde bewußtlos zusammensank.

Sie gewann sehr schnell den Gebrauch ihrer Glieder wieder, aber sie befand sich wie im Traume und wie im Traume fühlte sie sich von einem Arm umfaßt und mehr aus dem sich schnell entleerenden Saal getragen als geführt. Sie kam erst wieder völlig zu sich, als die feuchte, kalte Nachtluft ihr ins Gesicht wehte. Sie befand sich in einer schmalen Gasse außerhalb des Gerichtsgebäudes; der Schein einer Laterne fiel auf das Gesicht ihres Begleiters.

»Herr von Werden!« flüsterte sie.

»Sie kennen mich noch, Fräulein Imhilde, fragte er.

»Und Sie kennen mich noch? Wollen mich noch kennen?« erwiderte sie, jetzt wieder zum vollen Bewußtsein ihres Elends kommend. »Halten Sie nicht auch Sigmar für einen Mörder und mich für seine Helferin?«

»Still, still, Imhilde, nicht hier!« bat er. »Es ist mir nur mit Hilfe eines Aufsehers möglich geworden, Sie auf Seitenwegen unbemerkt aus dem Gerichtsgebäude zu bringen; der Wagen, nach dem ich gesandt habe, muß sogleich hier sein; ich begleite Sie nach Ihrem Hotel, dort wollen wir weiter mit einander reden.«

Jetzt fuhr auch schon der Wagen vor. Werden hob sie hinein und sie folgte ihm willenlos.

Doch nicht lange währte dieser Zustand der Kraft- und Willenlosigkeit. Kaum hatte die Tür ihres Zimmers im Hotel sich hinter ihr geschlossen, da wandte sich ihr bleiches Gesicht zu ihm empor und sagte mit einer halb von Tränen erstickten Stimme:

»Er ist unschuldig, er darf nicht sterben!«

»Er darf nicht sterben,« wiederholte Werden, ohne auf den ersten Satz ihrer Rede einzugehen, »noch heute nacht wird ein Gnadengesuch an den Landesherrn abgefertigt werden.«

»Ein Gnadengesuch,« wiederholte sie bittend, »damit die Todesstrafe in lebenslängliches Zuchthaus umgewandelt und der Unglückliche nicht ein-, sondern hundertmal gemordet werde! Ein

Gnadengesuch! Das ist ein Eingeständnis der Schuld, und er ist unschuldig!«

»Führen Sie mich unverzüglich zu dem Verteidiger, er muß einen Aufschub erwirken! Mir ahnt, welch ein höllisches Gewebe zu Sigmars Verderben gewoben ist. Ich aber will sie aufspüren, die daran gewirkt haben, und ich werde sie finden, doch dazu bedarf ich der Zeit! Kommen Sie, kommen Sie! Jede Minute, die verrinnt, bringt das Verderben näher! Zögern wir darum keinen Augenblick!«

Ihre Bitten waren so eindringlich, daß Werden mit ihr zu Sieveking fuhr.

Sie fanden den Rechtsanwalt noch bei den Akten des heute für seinen Klienten so unglücklich verlaufenen Prozesses. Er nahm ihre Versicherung, daß alles, was sie vor Gericht ausgesagt habe, die volle Wahrheit sei, mit einem ungläubigen Lächeln auf, schüttelte auch zu den weiteren Vermutungen und Schlüssen, die sie ihm und Werden anvertraute, den Kopf, aber je weiter sie sprach, desto aufmerksamer wurde er, desto häufiger tauschte er mit dem Legationssekretär erstaunte und bewundernde Blicke. Mochte das Mädchen sich immerhin auf einer falschen Fährte befinden, ihr Scharfsinn, ihre Kombinationsgabe waren ganz außergewöhnlicher Art und forderten zur Anerkennung heraus.

»Sie eröffnen da Gesichtspunkte, mein Fräulein, die überraschend sind,« sagte der Verteidiger endlich.

»Sie sind nur dann überraschend, wenn Sie mir nicht glauben und also nicht von meinen Voraussetzungen ausgehen,« sagte sie, »und ich verlange das auch gar nicht. Geben Sie mir nur Zeit, und ich beweise alles, decke alles auf, nur lassen Sie ihn nicht sterben!«

Gibt es kein Mittel, die Vollstreckung des Urteils aufzuhalten, außer dem Gnadengesuch?« fragte Werden.

Imhilde's Lippen hingen mit Spannung an Sieveking's Lippen.

»Doch, ich kann wegen begangener Formfehler die Nichtigkeitsbeschwerde einlegen,« sagte der Rechtsanwalt.

Ich danke Ihnen!« sagte sie mit leuchtendem Blick. »Wollen Sie mir beistehen, seine Unschuld zu beweisen und die Schuldigen zu entlarven?«

»Das will ich!« rief der Rechtsanwalt lebhaft. »Gebieten Sie über mich!«

»Und über mich!« fiel von Werden ein. »Wir stellen uns beide Ihnen zur Verfügung, Fräulein Follenius. Sie sind der Vorgesetzte, der befiehlt, wir die Werkzeuge, die gehorchen!«

»Nein, nennen wir uns Verbündete,« sagte sie, jedem der Herren eine Hand bietend, die beide an ihre Lippen führten.

Noch sehr lange saßen die drei Bundesgenossen beisammen, überlegten den Feldzugsplan, ersannen, verwarfen und ersannen wieder.

*

Seit Sigmar Hartheim's Verurteilung waren mehrere Tage vergangen und die Aufregung, welche durch die Gerichtsverhandlung in Stadt und Umgegend hervorgerufen war, hatte sich gelegt.

Etwas länger beschäftigte die öffentliche Meinung sich mit Imhilde Follenius. Albertine Wenzel hatte sich am Tage nach der Gerichtsverhandlung nach dem Hotel begeben, wo Imhilde abgestiegen war; dort erfuhr sie aber, Imhilde sei schon am Morgen wieder abgereist. Nach Aeußerungen, die sie fallen gelassen habe, vermute man, daß sie nach England zurückkehre.

»Auch sie gibt also Sigmar völlig verloren,« sagte Albertine seufzend zu der Bekannten, welcher sie von ihrem vergeblichen Schritt erzählte und die nicht ermangelte, sie wegen ihres Edelmuts zu bewundern.

Albertine befand sich in einem eigenartigen Zwiespalt; das gegen ihren Vetter gefällte Todesurteil hatte sie tief erschüttert; sie hätte lieber gesehen, daß es auf lebenslängliches Zuchthaus gelautet hätte, und doch war sie nun wieder ungehalten, daß die Nichtigkeitsbeschwerde eingelegt war und die Sache möglichenfalls nochmals zur Verhandlung kommen konnte. Sie, wie Ladenburg hatten der Gerichtsverhandlung mit Sehnsucht entgegengesehen, in der Erwartung, Sigmar's Verurteilung werde Albertine in den alleinigen Besitz des Erbes ihrer Tante setzen.

Der Buchbinder betrachtete und geberdete sich schon vollständig als Herr über Albertine's Person und ihr Vermögen und übte eine Macht über sie aus, der sie sich knirschend beugte.

Er verlangte plötzlich Geldsummen oder Bürgschaften zur Erhebung solcher von ihr; sie hatte ihm bereits alle bei Lebzeiten der Tante gemachten Ersparnisse geopfert und die Anforderungen nahmen dennoch kein Ende. So sehr sie sich auch sträuben mochte, Ladenburg setzte jedesmal seinen Willen durch, aber es kam zwischen ihnen zu Auftritten, zu welchen die alte Katharina, der sie nicht ganz verborgen bleiben konnten, verwundert den Kopf schüttelte.

Auftritte, wie in der Klingenmüllerschen Villa, nur noch heftiger und häufiger, gab es auch im Hause des Steinsetzers Bartel. Peter hatte sein Lebenlang schon immer nicht zu den allernüchternsten Menschen gehört; seit er sich aber durch die erlittene Verletzung zum Müßiggang gezwungen sah, war dieser Hang zur Gewohnheit ausgeartet und am allerschlimmsten ward es, nachdem er in der Gerichtsverhandlung gegen Hartheim eine Rolle gespielt hatte. Er mußte sich wie ein Held oder eine Berühmtheit vorkommen, saß von früh bis spät im Wirtshause und ward nicht müde, jedem, der es hören wollte, die Geschichte zu erzählen, wie er zu der Kopfwunde gekommen war. Dann schimpfte er auf das Gericht, und wankte endlich betrunken nach Hause, wo er Frau und Kinder mißhandelte.

Nachbar Grosse und dessen Gattin gestatteten sich den Luxus einer »guten Stube«, verbanden jedoch insofern das Angenehme mit dem Nützlichen, als sie dieselbe an Leute vermieteten, welche nicht viel Ansprüche an Komfort machten. Seit ein paar Tagen hatten sie nun eine Mieterin an einer Frau Braun gefunden, welche aus ziemlich weiter Ferne nach der Stadt gekommen war, um einen berühmten Augenarzt zu konsultieren. Ihre Mittel waren, wie sie nicht verhehlte und wie ihr einfacher schwarzer Anzug das auch verriet, beschränkt, sie hatte deshalb die Wohnung zu dem billigen Preise in der Vorstadt genommen und scheute täglich den weiten Weg nach der Klinik nicht.

Frau Braun war eine noch junge Frau, sie musste aber bereits viel gelitten haben, denn das Gesicht hatte eine krankhafte Blässe, welche durch die grosse blaue Brille und den grünen Schirm, den sie noch darüber zum Schutze der Augen trug, nur noch stärker hervorgehoben ward. Trotz oder vielleicht wegen ihres Leidens zeigte die Frau von der ersten Stunde ihres Einzuges an einen großen Hang zur Geselligkeit. Sie plauderte gern mit ihren Hauswirten und war noch gar nicht lange da, so hatte ihr Grosse bereits die große Begebenheit seines ziemlich einförmigen Lebens seine Vernehmung vor dem Schwurgericht, erzählt. Sie hörte ihn mit bewundernswürdiger Geduld an und tat sogar Fragen, die ihn zu immer stärkerer Mitteilsamkeit veranlaßten und auf Dinge brachten, an die er gar nicht mehr gedacht hatte, oder die ihm als unwesentlich entgangen waren; ja, sie trieb die Gefälligkeit sogar soweit, daß sie sich von ihm die Stelle zeigen ließ, wo der arme Bartel bewußtlos am Boden gelegen hatte sowie die Stelle am Dache, von wo der verhängnisvolle Ziegel herabgefallen sein mußte.

Der vielbeschäftigten Frau Grosse erwies sie sich gefällig dadurch, daß sie ihr die Kinder abnahm und dieselben so gut zu unterhalten wußte, daß Bartel's zwei Kinder, ein Knabe und ein Mädchen, sich auch dazu gesellten. Durch diese letzteren kam denn auch deren Mutter dazu und nicht lange währte es, so hatte Frau Braun ihr Vertrauen gewonnen und die Aermste klagte ihr ihre Not mit dem Manne.

»Er hat wohl früher auch einmal getrunken,« fügte sie weinend hinzu, »doch so wie jetzt ist's doch nicht gewesen, und mißhandelt hat er mich sonst niemals, ich ängstige mich halbtot um ihn, er redet sich in seiner Trunkenheit noch um den Hals!«

»Um den Hals?« wiederholte Frau Braun verwundert.

Die andere erschrak und lenkte ein:

»Ich meine die Drohungen, die er gegen das Fräulein aussprach, das ihm damals bei Gericht die Suppe eingebrockt hatte!«

»O, seien Sie ruhig, das kann ihm niemand verdenken, die hat ihm auch zu arg mitgespielt,« tröstete Frau Braun.

»Wenn das Unglück es wollte, es stieße ihr etwas zu –«

»Aengstigen Sie sich doch nicht darum! Die ist ja längst über alle Berge und wird sich hier schon nicht mehr sehen lassen!« fiel die andere ein.

»Doch um wieder auf den Zustand ihres Mannes zu kommen: ich glaube, die Wunde am Kopfe ist an allem schuld.«

»Das kann wohl sein,« seufzte Frau Bartel,»sie heilt so langsam. Sie wird nicht ordentlich behandelt.«

»Der Bader kommt doch alle Tage.«

»Er versteht nichts. Warum nehmen sie nicht einen ordentlichen Arzt?«

»Peter will es nicht, ich habe es ihm auch schon gesagt.«

»Hören Sie mich mal an, Frau Bartel,« sagte Frau Braun,»wenn Ihrem Manne die Wunde nicht bald geheilt wird, können Sie das Schlimmste erwarten; es muß ein ordentlicher Arzt dabei, mag er es nun wollen oder nicht!«

»Sie haben recht, ganz recht, aber wie soll man das machen?«

»Wollen Sie tun, was ich Ihnen rate, so will ich Ihnen helfen.«

»Alles, alles, was Sie wollen,« versprach die Frau.

»Sie haben mir gesagt, Ihr Mann liege, wenn er abends nach Hause komme, in einem schweren Schlaf.«

»Ich glaube, das ganze Haus könnte untergehen, er hörte nichts davon.«

Die Braun nickte.

»Gut,« sagte sie, »ich bitte einen der Aerzte, die ich in der Klinik kennen gelernt habe, um diese Zeit herzukommen, er wird sich die Wunde ansehen und sagen, was er davon hält. Sind Sie damit einverstanden?«

Die Frau erschöpfte sich in Dankesversicherungen, und schon in der nächsten Nacht war der entworfene Plan ausgeführt. Die Kinder waren zu Bett gebracht, Bartel lag laut schnarchend auf seinem Lager, als die Frau Braun den Arzt in der Bartelschen Wohnung einführte; er war nicht allein gekommen, ein Kollege, der sich die eigentümliche Wunde auch ansehen wollte, begleitete ihn.

Frau Bartel leuchtete vorsichtig, die Herren besahen sich die Wunde, tauschten leise einige Bemerkungen aus und entfernten sich dann mit der beruhigenden Versicherung, der Bader mache seine Sache gut, die Verletzung sei ihrer Heilung nahe.

Währenddessen war Frau Braun an die Betten der Kinder getreten, das kleine Mädchen schlief fest, der Knabe hielt aber die Augen nur geschlossen, und während sie sich über ihn beugte, flüsterte er leise:»Ich schlafe nicht!«

»Schweige, Bernhard, sage Deinem Vater nichts,« entgegnete sie erschrocken.

»O, ich sage nichts, ich habe auch damals nicht geschlafen!«

»Wann?« fragte sie.

»Als der Vater mit blutendem Kopf nach Hause kam.«

»Er kam nach Hause damit?«

»Ja, ja, aber sei still, es soll's niemand wissen, Dir will ich's erzählen.«

»Morgen, morgen!« flüsterte sie und trat zurück, denn die Herren hatten soeben ihre Untersuchung beendet.

Frau Braun verließ mit ihnen das Haus.

»Nun?« fragte sie in atemloser Spannung.

»Heureka,« antwortete der eine, »ich habe gefunden!«

»Und ich werde finden!« erwiderte sie. »Auf morgen!«

Mit einem stummen Händedruck trennten sie sich.

Der nächste Tag war ein Festtag für die Grosseschen und die Bartelschen Kinder. Frau Braun benutzte das schöne, sonnige Wetter, das der Spätherbst noch brachte, um mit ihnen einen Spaziergang nach einer Gartenwirtschaft zu machen, wo sie ihnen Kaffee und Kuchen geben ließ.

Während die kleinen Mädchen die geschenkten Puppen in den Gartenwegen auf- und abtrugen, setzte sie sich mit dem Knaben an eine sonnenbeschienene, durch ein kleines Nadelholzgebüsch geschützte Stelle, besah gemeinschaftlich mit ihm ein Bilderbuch, das sie für ihn mitgebracht hatte, und plauderte mit ihm.

»Du sprachst wohl gestern aus dem Schlaf, Bernhard?« fragte sie.

»O, nein,« versicherte der Knabe, »ich war ganz wach!«

»Das glaube ich doch nicht! Du kannst mir nicht wiederholen, was Du gesagt hast!«

»Doch kann ich das,« versetzte das Kind eifrig, »aber Du darfst es niemand wiedersagen, sonst schlägt der Vater mich tot, und der andere auch.«

»Welcher andere?«

»Nun, der ihn nach Hause brachte.«

»Du hast geträumt, Kind! Wann soll denn das gewesen sein?«

»Nun, im Sommer, in der Nacht, als das furchtbare Gewitter war. Es blitzte und donnerte so sehr, ich wollte eben rufen, daß die Mutter mich aus der Kammer hole, da ging die Stubentür auf und der Vater kam mit noch einem herein; sie hatten eine alte Kröte totgeschlagen!«

»Eine alte Kröte?«

»Ja, so sagten sie, und dabei war dem Vater etwas auf den Kopf gefallen, er fluchte und schalt, und sagte, der andere sei an allem schuld und nun müsse er es büßen. Der andere lachte und sagte, was denn dabei wäre, solch alte Kröte totzuschlagen, und er solle doch nicht so schreien, sein Schädel wäre nicht von Glas und heile wieder. Die Mutter weinte und jammerte, es war schrecklich, ich wagte mich nicht zu rühren und der andere Mann sagte zu der Mutter, wenn sie nicht gleich still wäre und alles täte, was er sagte, dann ginge es ihr schlecht.«

»Und dann?«

»Dann ging er fort, und es ward eine Weile still, und dann kam Nachbar Grosse und sie sagten, es wäre dem Vater ein Ziegel auf den Kopf gefallen.«

»So ist es auch, das andere hast Du geträumt.«

»Nein, nein, ich weiß es ganz gewiß!« beharrte der Knabe.

»Du hast den Mann der Deinen Vater brachte, sonst aber nie gesehen?« fragte Frau Braun.

»Nein, aber ich weiß, wie er heißt, ich habe ihn nennen hören,« versetzte Bernhard, der, je weiter er erzählte, um so stolzer auf sein Wissen ward, »er heißt Herr Ladenburg.«

In dem Gebüsch ward plötzlich eine Bewegung vernehmbar; der Knabe blickte erschrocken auf.

»War da jemand?« fragte er.

»Irgend ein Sperling!« lachte Frau Braun. »Aber komme, wir haben hier genug gesessen und geplaudert; es ist Zeit, daß wir uns nach den kleinen Mädchen umsehen und an den Heimweg denken!«

Bald darauf verließ sie mit den Kindern den Garten, in dem sie trotz des sonnigen Tages fast die einzigen Gäste gewesen waren, denn es war eine jener Wirtschaften, die nur am Sonntag zahlreich besucht werden. Nur ein ältlicher Mann von unscheinbarem Ansehen, der ein Glas Bier getrunken und sich dann eine Meile im Garten aufgehalten hatte, kam bald nachher zum Vorschein, bezahlte seine geringe Zeche und wandte sich hierauf der Stadt zu. –

Es mochte etwa um die achte Abendstunde sein, als der Rechtsanwalt Sieveking sich in einer sehr dringenden Angelegenheit noch beim Staatsanwalt Chop anmelden ließ und auch sofort angenommen wurde.

»Ich weiß, was Sie herführt!« rief der Staatsanwalt dem Eintretenden entgegen. »Sie kommen in der Hartheimschen Angelegenheit!«

»Sie haben es erraten!«

»So wissen Sie bereits, daß die Nichtigkeitsbeschwerde zurückgewiesen ist?«

»Nein, aber darauf kommt es nun auch nicht mehr an,« erwiderte der Rechtsanwalt gelassen, »ihr Zweck ist erreicht.«

»Was wollen Sie damit sagen?«

»Wir haben Zeit gewonnen und – den wahren Schuldigen entdeckt!«

Chop fuhr auf.

»Herr Justizrat, immer noch diesen Wahn!« rief er.

»Es ist kein Wahn, es ist Gewißheit!« lautete die bestimmten Tones gegebene Antwort. Fräulein Follenius wartet im Vorzimmer auf ihre Vernehmung. – Wir haben Ihnen sehr Wichtiges mitzuteilen.« Aufs höchste betroffen und gespannt, befahl der Staatsanwalt die junge Dame einzulassen. Sie kam in Begleitung des Legationssekretärs von Werden.

Werden und Sieveking berichteten, wie sie durch Imhilde's treues, unerschütterliches Festhalten an Hartheim in dem Glauben an seine Unschuld bestärkt worden seien und sich mit ihr verbündet hätten, alles aufzubieten, um ihn zu retten. Um Zeit zu gewinnen, habe der Rechtsanwalt die Nichtigkeitsbeschwerde eingelegt, gleichzeitig aber, um die wahren Schuldigen sicher zu machen, selbst verbreitet, daß er nicht an deren Erfolg glaube. Die wirklich Handelnde sei jedoch Fräulein Follenius gewesen.

»Und was haben Sie getan und erlebt?« wandte der Staatsanwalt sich an diese, welche hierauf berichtete:

»Ich reiste zunächst am Morgen nach der Gerichtsverhandlung ab, verwischte meine Spuren und kehrte unter dem Namen einer Frau Braun und unter der Maske einer Augenkranken, die hierhergekommen war, um die Klinik zu besuchen, zurück, mietete eine Stube bei Peter Bartels Nachbar Grosse und begann Betrachtungen.«

Es ist mir gelungen, mit der Frau und den Kindern Bartels Bekanntschaft anzuknüpfen. Die Frau weint und jammert, ihr Mann habe sich dem Trunk ergeben, und fürchtet, er könne sich in seinem Rausche um den Hals reden.«

»Ich bewundere Ihren Scharfsinn und Ihre Ausdauer, mein Fräulein,« sagte Chop, »aber die Beweise –«

»Sind unzulänglich,« fiel Imhilde ein, »deshalb bringe ich stärkere!«

Und sie erzählte, wie sie von zwei Aerzten habe Bartels Kopfwunde untersuchen lassen, und brachte deren schriftliches Gutachten bei, daß dieselbe nicht durch einen flachen Ziegel, sondern durch einen runden, gefüllten Gegenstand geschlagen sein müsse. Schließlich rückte sie mit der Erzählung des Knaben heraus, welche ein Polizeiagent im Garten, hinter dem Gebüsch versteckt, mit angehört und niedergeschrieben hatte.

Der Staatsanwalt sprang auf und schlug sich vor die Stirn.

»Allmächtiger Gott,« rief er, »wenn das wirklich so wäre!«

»Es ist so!« sagte Werden voll Ueberzeugung. »Hartheim ist unschuldig, Peter Bartel ist der wahre Schuldige!«

»Nein, er ist es nicht,« rief Imhilde, »oder vielmehr, er ist nur die Hand. welche das Verbrechen vollführte; die Anstifter der Untat, die Verderber des unglücklichen Sigmar Hartheim sind Albertine Wenzel und der Buchbinder Ladenburg!«

»Fräulein Follenius,« rief der Staatsanwalt mit starker Stimme, »Sie gehen in Ihren Beschuldigungen zu weit! Allen Respekt vor Ihrem Verstande und Ihrer Energie, aber –«

»Vernehmen Sie den Agenten!« fiel ihm Imhilde ins Wort.

Der Polizeiagent ward hereingerufen und machte seine Aussage. Der Staatsanwalt verfügte darauf die sofortige Verhaftung Peter Bartels.

»Und Ladenburg?« fragte Werden.

»Es liegen bis jetzt noch keine Beweise gegen ihn vor, die eine Verhaftung rechtfertigen, wir bedürfen dazu erst des Eingeständnisses von Bartel oder seiner Frau,« versetzte der Staatsanwalt.

»Wenn der Herr Staatsanwalt mich mit der Verhaftung betrauen will, soll sie ausgeführt werden, daß niemand erfährt, um was es sich handelt,« sagte der Agent, der sich noch im Zimmer befand.

Der Staatsanwalt erteilte dem Agenten die Vollmacht und dieser entfernte sich. – –

Einige Stunden vor dieser Unterredung war im Grosseschen Hause in der Vorstadt große Aufregung erstanden. Frau Braun hatte, als sie mit den Kindern von ihrem Spaziergange heimgekehrt, daselbst eine Nachricht vorgefunden, die sie zur schleunigen Abreise zwang. Eine halbe Stunde später waren ihre ganzen Habseligkeiten zusammengepackt und sie fuhr in einer Droschke, welche Herr Grosse ihr herbeiholte, nach dem Bahnhof.

Der Frau Bartels stand eine noch weit bittere Erfahrung bevor. Sie wartete in der Nacht viele Stunden vergeblich auf die Heimkehr ihres Mannes, und als sie sich endlich gegen Morgen aufmachen wollte, um ihn zu suchen, erschien bei ihr ein Polizist mit der Meldung, man habe in der Nacht einen Mann, welcher sinnlos betrunken gewesen sei, wegen Unfugs aufgegriffen und ins Polizeigewahrsam gebracht. Er nenne sich Peter Bartel und habe angegeben, hier zu wohnen, sie möge mitkommen, um ihn zu rekognoszieren.

An allen Gliedern vor Schreck und Angst zitternd, folgte die Frau dem Polizisten und erfuhr erst im Polizeigebäude, daß auch sie eine Gefangene sei, und daß man für vorläufige Hinterbringung ihrer Kinder bereits Sorge getragen habe.

Die Verhaftung des Mitschuldigen des Buchbinders Ladenburg war auf die einfachste Weise von der Welt erfolgt.

Peter Bartel hatte, veranlaßt durch einen Unbekannten, noch mehr als sonst getrunken und getobt, so daß er, völlig seiner Sinne beraubt, schließlich von seinem neuen Freunde nach Hause begleitet werden mußte. Als er endlich seinen Rausch ausgeschlafen hatte und sich in dem Gemach, in das man ihn gebracht hatte, umsah, bemerkte er, daß er sich im Polizeigefängnis befand.

Brummend und scheltend fügte Peter sich in sein Schicksal und glaubte auch noch, als er dem Richter vorgeführt wurde, es handle sich für ihn nur um eine über ihn zu verhängende Polizeistrafe. In aller Harmlosigkeit machte er daher seine Angaben über seine Person und blieb auch noch ruhig, als der Richter wie beiläufig fragte:

»Sie sind derselbe Peter Bartel, der in der Schwurgerichtsverhandlung betreffs des Mordes an der Frau Klingenmüller vorgefordert wurde?«

»Der bin ich, Herr Rat, der bin ich,« erwiderte Peter, sich in die Brust werfend.

»Wie war die Sache eigentlich?« fuhr der Untersuchungsrichter in einem ganz gemütlichen Tone fort. »Erzählen Sie sie mir doch einmal!«

Peter Bartel war damit in seinem Fahrwasser. Wie am Schnürchen erzählte er, wie die Geliebte des Mörders ihn beschuldigt und wie er sein Alibi glänzend nachgewiesen habe. Er kannte die Lektion ja bereits auswendig.

»Nehmen wir einmal an, unterbrach ihn der Richter, »Sie wären die Leiter hinabgestiegen, der Blumentopf wäre Ihnen nach und nach auf den Kopf gefallen, ein guter Freund hätte Sie unten erwartet, hätte Sie nach Hause gebracht und dort mit Ihnen die Komödie mit dem Ziegel aufgeführt.«

Bartel war kreideweiß geworden und zitterte ganz erheblich.

»Aber, Mann, so erschrecken Sie doch nicht so, wenn man Ihnen sagt, was immerhin möglich wäre!« rief der Untersuchungsrichter. »Die Sache ist ja übrigens lange vorbei. Wer hat Ihnen denn Ihr schadhaftes Dach ausgebessert?«

Peter besann sich einen Augenblick.

»Ich selbst!« sagte er dann.

»Trotz des verwundeten Kopfes?«

»So viel konnte ich schon noch tun.«

»Mit neuen Ziegeln?«

»Gewiß!«

»An dem Dache Ihres Hauses ist aber kein neuer Ziegel sichtbar,« sagte der Untersuchungsrichter plötzlich sehr ernst. »Es ist Ihnen auch gar kein Ziegel, sondern ein Blumentopf auf den Kopf gefallen, denn Sie sind der Mann, der die Leiter an dem Klingenmüllerschen Hause in jener Nacht herabstieg und dem der Blumentopf dabei nachstürzte, – Sie sind der Mörder der Frau Klingenmüller und der gute Freund, der Sie nach Hause brachte und die von Ihnen beliebte Komödie dann in Szene setzte, ist der Buchbinder Ladenburg!«

»Wer – wer hat Ihnen das gesagt?« keuchte Peter.

»Sie hören es ja, der Buchbinder Ladenburg,« sagte der Untersuchungsrichter gelassen. »Er hat ausgesagt, er sei zufällig vorübergekommen, habe Sie von der Leiter herabfallen sehen und Sie nach Hause geführt. Sie hätten den Mord begangen, Hartheim sei ihm erst später begegnet!«

So plump die Falle war, so fiel Bartel, der schon durch das Vorhergegangene um alle Besinnung gebracht war, doch in dieselbe hinein. »Was sagt der Buchbinder da?« schrie er. »Er sei zufällig vorübergekommen? Ich hätte die Alte abgewürgt, und er hätte nichts davon gewußt? Erst verspricht mir der Schleicher goldene Berge, damit ich ihm die Alte aus dem Wege räumen soll, und nun ich's getan habe, will er sich weißbrennen und gibt mich – mich als Mörder an?«

»So gestehen also, den Mord an der Frau Klingenmüller verübt zu haben?« unterbrach ihn der Untersuchungsrichter.

»Ja, ja, ich bin der Verführte, Herr Rat! Erbarmen Sie sich meiner, lassen Sie mich nicht köpfen, – Ladenburg allein ist an allem schuld!« schluchzte jetzt der Elende.

»Die Wahrheit, die volle Wahrheit, ist die einzige Hoffnung, die Sie noch haben!« ermahnte ihn der Richter.

»Ich spreche die reine Wahrheit!« versicherte Bartel und begann nun ein unumwundenes Geständnis abzulegen. Worin er eingestand, auf Anraten und unter Beihilfe Ladenburgs die Frau Klingenmüller ermordet zu haben.

Der Untersuchungsrichter ließ ihn, nachdem er sein protokollarisches Geständnis unterzeichnet hatte, in sein Gefängnis zurückführen und schritt darauf zur Verhaftung seiner Mitschuldigen, Ladenburg und dessen Braut Albertine.

Diese versuchten anfänglich zu leugnen und bezeichneten sich als die Opfer einer gegen sie angezettelten Intrige; da sie sich aber nicht mehr miteinander verständigen konnten, verwickelten sie sich in Widersprüche; Peter Bartel ward dem Buchbinder gegenübergestellt, und aus den Beschuldigungen, welche nun beide gegenseitig gegeneinander erhoben, ergab sich für Ladenburg das Eingeständnis.

In der nach kurzer Zeit stattfindenden Gerichtsverhandlung wurde Ladenburg zu langjähriger Zuchthausstrafe, Bartel zum Tode verurteilt, aber zu Zuchthaus begnadigt. Albertine aber griff der Gerechtigkeit vor. Eines Morgens fand man sie tot in ihrem

Gefängnis. Sie hatte ihr Bettuch zerrissen, dies zu einem Strick gedreht und sich daran erwürgt. – –

Die rege Anteilnahme, welche Imhilde für Sigmar Hartheim bewiesen, hatte diesem erkennen lassen, welch tiefe Liebe jene zu ihm erfüllte und so war er zu einer Aussprache zwischen beiden gekommen, der sehr bald die Hochzeit folgte. Zur Kräftigung seiner durch die Kerkerhaft geschädigten Gesundheit begab sich Hartheim mit seiner jungen Frau nach Italien, von wo sie erst nach zwei Jahren zurückkehrten. Sie nahmen ihre Wohnung in einer süddeutschen Residenz, denn es war ihnen unmöglich, ihren Herd in der Stadt aufzubauen, die für sie mit so furchtbaren Erinnerungen verknüpft war. Sie hatten endlich das Glück gefunden und das ließ sie nur der Gegenwart leben und die Vergangenheit vergessen – die Vergangenheit mit ihrem seltsamen Fall.

 tradition®

Über tradition

Eigenes Buch veröffentlichen

tradition wurde 2006 in Hamburg gegründet und hat seither mehrere tausend Buchtitel veröffentlicht. Autoren veröffentlichen in wenigen leichten Schritten gedruckte Bücher, e-Books und audio-
Books. tradition hat das Ziel, die beste und fairste Veröffentli-
chungsmöglichkeit für Autoren zu bieten.

tradition wurde mit der Erkenntnis gegründet, dass nur etwa jedes
200. bei Verlagen eingereichte Manuskript veröffentlicht wird. Dabei hat jedes Buch seinen Markt, also seine Leser. tradition sorgt
dafür, dass für jedes Buch die Leserschaft auch erreicht wird.

Im einzigartigen Literatur-Netzwerk von tradition bieten zahlreiche
Literatur-Partner (das sind Lektoren, Übersetzer, Hörbuchsprecher
und Illustratoren) ihre Dienstleistung an, um Manuskripte zu ver-
bessern oder die Vielfalt zu erhöhen. Autoren vereinbaren direkt
mit den Literatur-Partnern die Konditionen ihrer Zusammenarbeit
und partizipieren gemeinsam am Erfolg des Buches.

Das gesamte Verlagsprogramm von tradition ist bei allen stationä-
ren Buchhandlungen und Online-Buchhändlern wie z. B. Amazon
erhältlich. e-Books stehen bei den führenden Online-Portalen (z. B.
iBookstore von Apple oder Kindle von Amazon) zum Verkauf.

Einfach leicht ein Buch veröffentlichen: **www.tredition.de**

Eigene Buchreihe oder eigenen Verlag gründen

Seit 2009 bietet tredition sein Verlagskonzept auch als sogenanntes "White-Label" an. Das bedeutet, dass andere Unternehmen, Institutionen und Personen risikofrei und unkompliziert selbst zum Herausgeber von Büchern und Buchreihen unter eigener Marke werden können. tredition übernimmt dabei das komplette Herstellungs- und Distributionsrisiko.

Zahlreiche Zeitschriften-, Zeitungs- und Buchverlage, Universitäten, Forschungseinrichtungen u.v.m. nutzen diese Dienstleistung von tredition, um unter eigener Marke ohne Risiko Bücher zu verlegen.

Alle Informationen im Internet: **www.tredition.de/fuer-verlage**

tredition wurde mit mehreren Innovationspreisen ausgezeichnet, u. a. mit dem Webfuture Award und dem Innovationspreis der Buch Digitale.

tredition ist Mitglied im Börsenverein des Deutschen Buchhandels.

Dieses Werk elektronisch lesen

Dieses Werk ist Teil der Gutenberg-DE Edition DVD. Diese enthält das komplette Archiv des Projekt Gutenberg-DE. Die DVD ist im Internet erhältlich auf **http://gutenbergshop.abc.de**

Zeitfracht Medien GmbH
Ferdinand-Jühlke-Straße 7
99095 Erfurt, Deutschland
produktsicherheit@kolibri360.de